INK

INK

INK

文學叢書

193

匿逃者

賴志穎◎著

目次

〈序一〉

遇到賴志穎

季季

記憶的力量如此強大，無法抵抗，抹除，甚至也無法扭轉。所以，關於賴志穎，以及他的作品，我必須聽命於記憶，忠實的從二〇〇四年的初遇說起。

那年夏天賴志穎參加了印刻文學承辦的「二〇〇四全國台灣文學營」小說組，十月一日，我〈與蘇偉貞〉在評審創作獎時第一次讀到他的小說〈無聲蟬〉。後來從主辦單位得知作者賴志穎，筆名湯巨源，二十三歲，就讀於台大微生物與生化學研究所，「居於毛翁社磺溪畔」；筆名也許由此而來。

十一月，創作獎作品由印刻結集爲《遠行的聲音》出版。我在「小說組評審的話」裡，以〈留白與土地公廟〉闡釋兩個重點。其一「留白」，說的是獲得首獎的盧慧心作品〈安靜。肥滿〉：

作者的文字有一種慵懶疏離的節奏，緩緩的烘托出女主角的心情轉折，而且善用留白，關鍵處不著一字，而讀者腦中已意象盪漾了。

其二「土地公廟」，說的是獲得佳作的湯巨源作品〈無聲蟬〉：

想像的真實可以隨心所欲創造，但如觸及生活的真實，人間事還是需要仔細觀察，尊重事實。例如獲得佳作的〈無聲蟬〉，作者很用心的營造全篇的故事與意象，書寫公車司機的境遇與公車裡的特殊生態也很感人，但作為全篇特殊場景的「土地公廟」，卻都寫成了「土地廟」；在台灣民俗裡，「土地公廟」是絕不能簡稱為「土地廟」的。

就題材的廣度與敘述的飽滿度而言，那屆的參賽作品我最喜歡的是〈無聲蟬〉。然而，在評審的平台上，缺點越少的作品越能勝出。〈無聲蟬〉裡的「土地廟」，與「土地公廟」雖僅一字之差，但「土地公廟」是台灣民間最普遍的土地神信仰，一字也不能誤差。〈無聲蟬〉因此而失分，確實頗讓我遺憾。

十二月十八日，主辦單位邀我去台南「台灣文學館」頒獎。典禮結束後，賴志穎拿著那本作品集來到我面前，靦腆的笑著說：

「老師，對不起，我眞的不知道，那應該叫土地公廟。」

「哦——」

我有點驚愕。但也隨即安慰他：「現在知道也不爲晚呀。」

後來我常想起那讓我驚愕的初遇。想起他來到我面前說那句話時，在靦腆的笑容背後，有著怎樣純潔的勇氣。——如果是其他的作者，也許沒有勇氣走來坦承自己的錯誤吧？那樣的勇氣，標誌的是一個青年寫作者自我省思的高度。

＊

一年之後，賴志穎以〈紅蜻蜓〉獲得第六屆「寶島文學獎」小說首獎；次年更以〈獼猴桃〉得到《自由時報》第二屆「林榮三文學獎」小說首獎。這些肯定與榮耀，想必都源於那高度自我省思的無限延伸。

「林榮三文學獎」創設於二〇〇五年，短篇小說首獎獎金高達五十萬，備受文藝界矚目。二〇〇六年十月十九日，我與葉石濤、廖炳惠、黃凡、邱貴芬參與第二屆小說決審，主辦單位宣佈得獎人後，我暗自慶賀著賴志穎的寫作獲得另一高度的肯定，也記得葉老說了這麼一句意涵深刻的雙關語：

「哇，一粒獼猴桃五十萬，這個少年人眞有價值！」

十一月二十六日，在內湖的《自由時報》新廈頒獎給他後，賴志穎抱著獎座又來到我的面前。

「老師，〈獼猴桃〉去年曾參加文建會的台灣文學獎，老師也是評審，不知老師記不記得這篇？」

又是一次讓我驚愕的自白，我也只能坦白以對。

「記得啊，就是去年的今天在台南評審，但不知道是你寫的。」——那次的評審也有蘇偉貞；還有李喬。

「老師，我覺得，那次我沒有寫好——」他又露出了靦腆的笑容：「這次我很用心的再修改過，沒想到，會得首獎。」

「很好啊，」我以常說的一句話回應他：「文本永遠在創造之中。」

兩次的頒獎典禮，讓我窺見了青年賴志穎的內心，有著多麼謙卑的能量和多麼強韌的堅持。獲得佳作，他坦然走到我的面前，承認他的無知；獲得首獎，他仍然走到我的面前，坦承他的失敗。如果是其他的作者，在五十萬獎金的榮耀之後，還願意謙卑的承認自己的失敗嗎？

「這個少年人眞有價值！」

葉老的那句話，再次來到我的耳邊。

那一刻，「價值」指涉的是「品格」；那是更高層次的意涵。

＊

終結了這些聽命於記憶的，關於人之機緣的書寫之後，我終於能夠回到文本之前，以一個讀者的身分，自由面對賴志穎的第一本小說集：《匿逃者》。這書名顯然是作者的自我隱喻。因為書中並沒有一篇同名的小說。

在目錄的安排上，賴志穎把他的第一篇小說〈玉樓聲斷〉「附錄」於全書十一篇作品之末，似乎有意與「匿逃」意象遙相呼應。〈玉樓聲斷〉是他十六歲就讀建中高一時獲得該校「紅樓文學獎」小說組第二名的少作；其他十篇則是他二十三歲（二〇〇四）至二十六歲（二〇〇七）的作品。其間的七年，作者匿逃於何處？

與賴志穎同世代的寫作者，大多陷於網路、名牌、情慾、寵物等等的現實魔障，寫作題材也大多耽溺於頹廢甚至暴力美學的書寫。但是賴志穎，從層層的現實魔障中匿逃，沉潛於一種清明的理念，「不與時人彈同調」。

高一時，之所以開始提筆寫作，是因為一時興起，把篇六朝筆記小說改成白話短篇交給當時任教國文的葉紅媛老師。過了幾堂課，她和我說，你何不試試寫短篇小說，投學校的文學獎呢？

高一下學期，我得到了紅樓文學獎。到現在，我仍記得老師在明道樓破舊的走廊上，微笑和我報知這個訊息的畫面……

這篇附於〈盜墓者〉之後的〈創作自述〉（刊登於二〇〇六年十二月《印刻文學生活誌》），賴志穎坦承他的第一篇小說是從一千多年前的六朝筆記汲取養分的。且看〈玉樓聲斷〉第一節「太平」首句：

大蜀廣政二十六年遂州方義縣……

再看第六節「玉鳴寺」尾句：

禪房外，老尼姑露出一抹微笑，愉快地注視著蘇軾父子……

古老的六朝從遙遠的時光彼端涓涓而來又涓涓而去，許多年少的學子也許視而未見，也許不屑一視，十六歲的賴志穎卻從其中掬起了一滴甘泉，成就了他的小說啓蒙。

這一步匿逃，比起同世代的小說啓蒙者，相距何其之遙。

*

〈玉樓聲斷〉也是賴志穎嘗試向文學前輩致敬的首篇。二〇〇四年發表第二篇作品〈無聲蟬〉時，延續這樣的方式，向蘇聯小說家蕭洛霍夫致敬：

早晨又吹起同樣的號聲，各種不同，同時又和孿生子一般相同的日子，一天一天過去了。
《靜靜的頓河》卷三）

然後，第三篇〈紅蜻蜓〉，向五〇年代白色恐怖時期神祕死亡的台籍作家呂赫若致敬：

「自己無法忍受一抹寂寞之感的根源何在？……是感傷於無法填滿的青春嗎？……心靈的空虛到底是為了什麼？感覺放在窗邊的手極為無力，視野逐漸曚曨……」（呂赫若《清秋》）

其餘各篇的引述，包括了晚唐詞人李珣，元曲名家薛昂夫，蘇聯銀色時期女詩人安娜·阿亨瑪托娃，日本小說家三島由紀夫，大陸當代女作家王安憶，以及台灣中生代詩人陳黎與陳克華……。這些作家的一首詩，或者一句話，矗立於賴志穎的小說之前，彷如一座高塔，他要閱讀者先仰望那座高塔，再低眉進入他的小說場域。這是他對汲取寫作養分的前行者的禮敬，也是他作爲寫作追隨者的謙卑。

賴志穎自小即學習鋼琴等樂器，且長期參加合唱團，大學讀農業化學，研究所讀生物化學，這些融合音符與理化的成長背景，使他的小說書寫更具一種嚴謹寫實，講求節奏意象的特色。例如〈紅蜻蜓〉中這一段：

……我不太懂你說的那一天是什麼，只記得夜燈下，你的喉結是一幅美麗的剪影，隨著說話的節奏上下跳動，這是一種喉結的舞蹈，聲控的皮影戲。是的，我開始剪開你的頸子，脖子裡面的血管空空洞洞，死灰色，我特別剪開你的氣管，找尋著聲帶，曾經讓我蕩漾的源頭靜靜地鑲在氣管上，像兩瓣凋萎的新芽。……

〈紅蜻蜓〉是賴志穎的再一次匿逃：從二〇〇五逃回一九四七，從一則二二八之後的歷史偶然，一刀刀解剖表哥與表弟的成長記憶與生死隔離。〈紅蜻蜓〉是表弟到台北讀書後，表哥唱給他聽的一首日本歌謠：「如火燒的晚霞中，紅蜻蜓喲，最後一次看到你是哪一天呢？」表哥則是呂赫若的音樂學生，於二二八事件的某天深夜被警察帶走。就讀於醫學院的表弟，何曾料到在解剖台上與被槍決了的表哥重逢；「最後一次看到你是哪一天呢？竟是在上大體解剖課、掀開裹屍布的那一瞬間！」

具有同樣書寫特色的是〈獼猴桃〉：

……窸窸窣窣的交談逐漸緊張，逐漸擴大，妳聽見自己的呼吸聲，也聽見那兩位年輕醫生的。冷，手術室的冷氣好強，妳的臉被蒙上，裸露的背貼著冰冷的鋼製手術台，妳是具活屍。

（怎麼辦？找不到那條血管，要不要找另一個開口？）

（不是那一條，那一條是通到肺靜脈的。）

口乾，妳聽到心跳，無法克制的緊張。清醒是最嚴重的疾病。

（這不過是一個小手術罷了，妳放心，不會有問題的。）

主治醫師告訴不安的妳，裝人工血管，是比割除乳房還要小的手術。乳房割掉了，這個不可能熬不過。……

但是這次賴志穎沒有匿逃。他返歸人子之心，貼近生活現實，書寫疾病對人性的微妙考驗：母親罹患乳癌了，她與家人如何度過那段惶亂的歲月？其中尤以兒子左胸開始鼓起，疑似罹患「男性女乳症」的轉折最爲特殊。葉老在評審意見裡的幾句話，貼切點出了它的特點：

這是一篇寫實的小説，寫母親患病以後的各種治療，肉體上的變化，重要的是仔細記錄了母親外觀的變化和精神生活的變異。透過小説的敘述，我們完全了解了母親患病前的她的容貌以及精神生活情緒的起伏。這些病前的肉體和快活的精神，病後完全改觀幾乎變成了另一個人。作者以莫大的愛心，精細的觀察，仔細記錄了母親的病前生活全貌和病後的沮喪和悲觀。……

這篇小説不管結構、情節、描寫都有現代人的敏鋭感覺。

描寫人性以及描寫現實生活是一個作家永遠要達成的任務。不過最後一句話，我很喜歡這篇小説，這也是我選它為首獎的理由。

我與葉老一樣，也是選它爲首獎的。

書中的其餘篇章，隱藏著各種的「匿逃」故事，但都嚴守細膩寫實的書寫，此處不再贅述。

*

今年三月一日，我在國家音樂廳聆賞青韵合唱團三十五周年演出，賴志穎唱男高音，並朗誦了他爲青韵三十五周年所寫的一首詩〈一種年輕的雀躍自遠方奔來〉（由陳樹熙先生作曲）：

一種年輕的雀躍自遠方奔來
攜著下課的鐘聲
時光的守衛總是　準確
無語

一種年輕的雀躍自遠方奔來
我幾乎看見那陣急切的風
吹開蒙塵的原文書
點亮熬盡的夜
撕開層層包裹的塑膠膜
像麵包般醱酵

笑著，唱一首駱駝和雲雀交織的晨歌
所有的沙漠都像草原般甦醒
點綴一道道曙光築起的彩虹
踏沙行，踏莎行

踏過花間尊前馮延巳溫飛卿
踏過蘇軾的風波不定
吟嘯何妨？
這是一種年輕的雀躍
有點躁進，卻又靦腆

奔來了，自遠方
那些模糊的笑靨已然清晰可見
如同霧散的湖心
那些傳說盡褪的森林

賴志穎的這首詩，寫著年輕歡快的雀躍，卻和他的小說一樣隱藏著匿逃的靈魂。聽說他今夏將要出國深造，祝福他在年輕的雀躍中繼續匿逃前進。

二〇〇八年四月二十八日

〈序二〉

密室曝光了之後

林俊穎

老人是個死亡的鄰居嘛。

——川端康成《睡美人》

一旦你在某個人臉上看到一道難以辨別的皺紋，這道皺紋就永遠銘刻在你身體裡。你也許會在一片寂靜之時，突然聽到一滴水滴的聲音——你也將對此永生難忘。

——尤金・扎米亞金《我們》

然而，謙卑的希望底下的陳述不是不同世代的分歧，而是同為文字共和國的公民共享的經驗：小說這門古老的手工藝，作者的年齡是一個相當重要的參數。

那參數對於閱讀者，譬如年輪，譬如器物上的手澤，譬如斷層海岸的時間皺摺裡有深海魚骸、貝類與藻類的化石。

對於作者，毋寧是稀有的放射性元素，在敘事者、說故事者的內在核心，輻射著引爆的巨大能量，雷電風火，天使的翅翼收斂了從天上垂下，讓閱讀者隨之望遠並凝視。

因此，除非是得天寵幸的小說家，肉體內住了渡過冥河復返的老靈魂，否則我們總是必須耐心等候。

然而新發於硎的年輕小說家不能也不願等，我們遂有了賴志穎這樣的第一本書。在電腦螢幕閱讀其中十一篇小說，我一再提醒自己去掉瀏覽電子檔時毛躁的壞習慣，換檔上閱讀紙本書時的溫潤摩挲。窗口下的防火巷沙沙沙潮濕的腳步、鄰人打招呼，穿牆過來歐巴桑暴虐的叱罵孫子、老薑炒麻油的香氣，抬頭看見太陽光在今年早到的涼風中翻騰成爲鉑金色，感覺時間切膚的流逝……，很快的，日之夕矣，佔滿螢幕的文字迷魂陣裡是一具具的屍體，或者是一具具心靈腐朽其中的扭曲病殘之身。年輕小說家如同操持手術刀治療修補之、考掘之、大體解剖之，甚至木乃伊之以待他年魂兮歸來，完成那否則無從完成的救贖。腥綠野草穿過頭骨的眼窟窿，指骨套著沃土包裹的黃金戒指。

令人驚異的是，操刀的手是那樣的敏銳得近乎冷酷，那注視的眼光卻是溫柔羞怯的，一如淚眼先知耶利米。「求主垂憐」，盲眼歌手波伽利如此唱過。

年過六十的川端康成以凝視《睡美人》陳列的青春女體，將腺體枯竭的老朽推向慾望主體的反面、反高潮，險險的將墮而未墮魔道，在那有如淤積行不得也的死水的密室，女色其實是肉攤上的溫體豬。

而賴志穎畢竟正當春風少年兄，距離色衰末日還太早，他愛戀並迷惑的身體，不正是「本體」、「經驗」集大成之所在？「肉」之所在豈不也是「靈」之所在？或者得力於微生物與生化學研究所的背景，他的觀看帶著專業訓練，更深入，更細節，更立體；他書寫呈現的，是繁花盛開與星圖的紋身，是近於曼荼羅那神祕的原型圖案。

犯罪推理小說裡，屍體會說話。而年輕小說家註解人體，隱隱然企圖連接歷史脈絡，找出那龐大體制施行暴力、傷害的病灶，留下反抗的證據，不會是白活白死一場。〈紅蜻蜓〉雖然有前行者的痕跡——朱天心的〈時移事往〉與黃錦樹的〈魚骸〉，那醫學系表弟對熱血青年的表哥進行解剖時如同性愛與戀屍的豔異之美，在老樹廢宅淒厲哭號、自瀆遺精的畫面仍然驚心動魄。賴志穎在這裡其實側／反寫了歷史傷痕，甚至有將之「前景化」的嫌疑。

此小說中召喚的呂赫若與其作品〈清秋〉，寫的正是二戰前一對秀異的親兄弟在時代的災厄將將要降臨前猶然編織個人前途的微小美夢，在貝多芬第九交響樂的餘音裡，文末有著一絲悵然的溫情。而呂赫若作爲那一代台灣菁英、現代化前鋒的典範，壯年死難，屍體下落不明的傳奇，賴志穎大膽續筆，直接端出解剖台上的遺骸，他能寫出的與不能寫出的，讓我再一次驚懼，是否很大的程度說明了他所屬的3C（當然也涵蓋了漫畫）、2K（卡拉OK、Kuso）世代，小說的神聖光環已蒸發，敘述詮釋的權杖換成了塑膠、液晶與IC板拼裝的光子槍？面具與斗篷是作者的標準配備？

這一切，年齡果眞是關鍵？還是我個人的淺陋而誤讀？或者，這是「後□□」時代無分世代無從遁逃的共同難題？

英文諺語 skeleton in the closet，衣櫥裡的骷髏，家醜。《匿逃者》幾乎每一篇都有一個小說的「夾層」，或者說，故事儲藏的密室。它被時間掩埋、被遺忘、被暫時封存。物比人更禁得起時間的折磨不是嗎？〈親子井〉裡畫家母親的工作室，〈盜墓者〉裡外祖父的故居，〈旅鄉〉中祖父的古老幽深三進樓房，甚至〈蚰蜒變文〉那置於櫃子上繁殖蠕蟲的塑膠盆、小妹手中的藥罐，〈四重奏〉裡的琴房，〈童誌銘〉收藏蛔蟲的玻璃瓶。

這些瘤結般曲折、增生之所在，接近日本民間故事浦島太郎的玉寶盒，一旦打開，過往的時間化爲煙塵，獨留最後一人於蒼茫中。另一方面，賴志穎藉此越過了年齡的限制，在這些幽深密室獲得了時間老人——龍王與水晶宮？——的邀約，進入故事的核心，得到了回溯與修補的力量。

已然是時間老人的具體象徵的波赫士整整四十年前便說了：「小說正在崩解」、「小說已不復與我們同在了。」我相當不自量力的想以《匿逃者》與之抗辯，不知成不成。

賴志穎交出了母親的屍體與癌症盤據的病體、理所當然的老人屍骸、年輕革命志士與歌者的軀體、音樂家戀人的一雙眼睛與健康、小男生的一條腿、上吊的壯年司機，激烈與殘暴，難堪與不忍。而他有如驗屍官一一羅列其被侮辱被損害的心理創傷、衰頹與荒謬。只是我不得不冒昧指出，我們的年輕小說家還是童男，其目光清純，無所畏怖，而撫屍的手不會顫抖，一如〈紅蜻蜓〉的實習醫生，如癡如醉將殉道者表哥的臉皮覆在自己臉上，「心中卻洋溢著幸福的溫暖」，那是只有韶華勝極、無有皺紋的青春才能有的愛怨完全燃燒。

是的，密室打開，「掀開裏屍布的那一瞬間」，正是小說家的決戰時刻，感悟關鍵，我們不能只是對著裏屍布拜懺、誦經，而是要掀開它，逼視那即將消亡的身軀，細查每一道傷痕與時間的拓痕。

願與賴志穎共勉之。

二〇〇七年十月

紅蜻蜓

自己無法忍受一抹寂寞之感的根源何在？……是感傷於無法塡滿的靑春嗎？……心靈的空虛到底是爲了什麼？感覺放在窗邊的手極爲無力，視野逐漸矇矓……

——呂赫若〈淸秋〉

我劃開你的手臂，你的皮膚像紙張一樣脆，還有一些淡紫色的斑點，手腕深褐的胎記非常明顯，你要我如何不認出你。我沿肱靜脈順流而下，愈接近手掌，神經血管交織的網路便愈見複雜。記得你常和我抱怨，自己的手是不是少了幾條筋，爲何每次向呂桑學的鋼琴都彈得笨拙。那些日子的黃昏，我們常在太陽下山前到女中，呂桑會在門口等，帶我們到音樂教室去同他學琴。你和呂桑是在我還沒上台北唸高校時認識的，他曾經是你高校的音樂老師，和你問起爲什麼和他熟識，你只模糊地說他帶你去參加了一個聚會，等時機成熟會告訴我詳情，現在先好好唸書才是。陪你練過幾次琴後，我就開始期盼夏天的來臨，因爲愈接近夏天，黑夜來臨的時間就延後，你們練琴的時間就可以久些，那是我少數可以靜靜看著你而不會尷尬的時候。音樂教室長長的窗在夕陽斜射下拖得更長，有時還會照到你背向窗戶的背脊上，你和呂桑往往埋頭苦幹，和樂譜上的豆芽菜奮戰，我則什麼都不做，盡對著夕陽吃醋，吃醋它偷偷地、無聲息地撫摸著你的臂、你的背、你的手肘、你發汗的額頭。有時你一首曲子練很久，最後雙方都放棄，呂桑就教你唱歌，他曾留學日本且在公會堂開過獨唱音樂會，我常偷偷跟著哼，呂桑說你音質好，可惜你就是想學鋼琴，唱歌只是玩玩。我其實不在乎你鋼琴彈得好不好，我只在乎那些美好的黃昏，那種我一個人在教室一隅發楞、聽著你們零落的琴聲與對話的感覺，彈錯時破碎的音樂也是一種美，如同窗外掉下的葉片。在切開手掌前，我偷偷地、偷偷地握了一下你的手，再也沒有回握的力道從你掌中流出。福馬林幫我遮掩淚水，同學們的眼眶鼻子也都熏得紅紅的。那股力道在光復後兩年的三月初曾經灌入我的手心，那段日子，我們在台北街頭躲躲藏藏，從古亭町的賃居處到學校那麼近的距離，我們必須穿小巷、躲閉軍警，甚至躲到溝渠裡，有幾天竟然花了一個多小時才到，最後一段路你抓著我狂奔，總督府在遠處睥睨他腳下的一切紛亂，我們半閉著眼睛，不希望看到任何血腥，然而路上的行人不是面容恐懼，就是充滿憤怒，我只信仰你的手，你帶我奔向哪裡就是哪裡，最後我意識到學校的門房要我們趕快進去，眼前一暗，大門轟然關上，對外面的喧鬧畫下一個大大的句點。你背靠著門喘氣，用日文謝謝門房先生，將我的手握得好濕好緊，而且燙。我不好意思掙脫，看著你起伏的胸膛被汗濕的前襟繪出了一幅潑墨山水。我記得，呂桑有次拍拍你圓潤寬闊的胸膛說，你這裡面埋藏了很好的歌聲，我實在很想像礦工般將他們挖出來。我現在代替了呂桑的夢想，割開了你胸骨骨節歷歷可見、變得嶙峋的胸膛，小心地翻開胸大肌，剖開了你的肋骨，這裡沒有〈紅蜻蜓〉的樂音飄出飛舞，沒有〈櫻花〉的花瓣片片，這裡只有福馬林未滲進的腐臭味沖天，我們深鎖眉頭，像在礦坑災變現場拖出一條條變形扭曲的屍體，只是這次拖出的，是你的心臟，你應該萎縮的五瓣肺片卻裝滿了水，我拿解剖針輕輕戳入，腥臭的液體從那個小洞汩汩流出。礦坑的廢墟還有回音，而你的胸腔，現在只是一汪細菌的池塘。突然我悟出了某件事，彷彿聽見你的掙扎，我無法抑制眼淚包圍我的視線，反正一切都可以推託給福馬林。我記得剛到台北時，你帶我四處逛逛，在新公園池塘邊的長椅上休息，那時有好多紅蜻蜓在水面飛舞，而天空又十分晴朗，你一時興起，便哼起日本民謠〈紅蜻蜓〉的旋律。「如火燒的晚霞中，紅蜻蜓唷，最後一次看到你是哪一天呢？……」那細微共鳴的震動，通過你的胸腔傳到背脊沿著椅背再傳到我身上，當下我如同觸電，在你的繚繞歌聲中，我是順服的臣民，月光下黯淡的星子。然而這一切如夢似幻的感覺卻被一個路過衣冠畢挺阿山仔的一口痰啐掉了。「呸，日本狗！」我們當下被他猙獰的面容嚇醒，他濃厚的鄉音讓我們想了好久才大略知道他是說這句話。在之後恐怖的三月初，我見到一個慌張的臉龐在公園附近尋求援助，滿臉是血，那個慌亂的時刻我沒辦法投以任何人溫情，後來才想到好像是那個阿山仔，我很懊惱沒有把他帶到醫院。我解開你的腸子，腸繫膜已經變得堅韌，上面還附著一小攤澄黃刺眼的脂肪，我劃開你的胃，裡面殘餘的食物依稀可辨，有幾條變黑的菜葉，還有一團糊渣渣的，大概是稀飯吧？昨天我回到古亭町時，照例繞行以避免經過巷口的麵攤，以往那是我們的廚房，只要待在家裡，吃飯的時間一到，在沒太多選擇的情況下總是想起這一攤，現在，我無法忍受在那裡面對桌子另一角的空蕩，而客氣的老闆娘每次都只會禮貌地詢問一聲，你表哥呢？怎麼還沒回來啊？開始我都虛與委蛇，推說你回鄉下照顧你生病的母親了，而每當我試著遺忘你時，她的問題總是硬生生地要我面對不存在的你。最後我選擇繞道，就算飢餓我也要避免四目陌然的交會，我想她會猜出是什麼事吧？最近人心惶惶，許多人的心都牽掛那些在夜晚中突然消失的人。冬夜裡，透過和式房間裡的窗戶，可以看到麵攤裊裊的白色炊煙，我常常對著那溫暖的意象獨自落淚。而你卡桑，我的阿姨，是眞的病了，自從你失去音訊後，就每天跪在神龕前求佛菩薩求祖先，常常跪著跪著就倒向一旁睡著了，家人叫醒她又繼續拜，最後大家還是覺得她睡著就給她蓋個被毯不要叫好了，沒想到一次竟然不是睡著是中風了，家人聞到失禁的臭味才發現，上次我回家看她，只能從眼中用淚水溝通。我只能要她放心，我還能如何？你被帶走的前一段日子，我已進入醫學院，課業也開始加重，不能常常陪你到女中找呂桑，然而回到家中，你就會呂桑說這呂桑說那的，我們練習說國語的時間經常在你亢奮的情緒中用日語流失了，你給了我幾篇他寫的小說的複本，說可以一起翻譯成中文當作練習，你告訴我呂桑和內地一些作家，像魯迅和郭沫若，都是屬於一流的，我們要在那天來臨前幫他把以前寫的日文小說翻譯好，讓祖國的人都認識他。你說得口沫橫飛，還要我向〈清秋〉中的醫師學習悲天憫人的精神。我不願掃興，祖國那些作家我都只略聞，可是你昂揚的神情中透露一種莫名的期待，我不太懂你說的那一天是什麼，只記得夜燈下，你的喉結是一幅美麗的剪影，隨著說話的節奏上下跳動，這是一種喉結的舞蹈，聲控的皮影戲。是的，我開始剪開你的頸子，脖子裡面的血管空空洞洞，死灰色，我特別剪開你的氣管，找尋著聲帶，曾經讓我蕩漾的源頭靜靜地鑲在氣管上，像兩瓣凋萎的新芽。你的鬍根刺著我的手背，不知道你多久沒有修面了。從你離開我那個深夜吧？睡夢中我們被朦朧的敲門聲吵醒，你很快清醒，我以爲是房東的事，沒想到好幾聲粗啞的嗓音卻叫著你的名字，愈來愈大，愈來愈接近，你猛然起身更衣，我被你掀起床被的風掃過臉頰，也緊張地坐起來，房門被粗暴地推開，兩個警察後面跟著睡眼惺忪的房東，他們要帶你走，問他們爲什麼，他們說要和你到警察局談談，看著他們凶惡的面容，我不太相信有什麼好談的，這時你已經換好衣服，和我說不用怕，應該一下子就回來，我楞楞看你到走廊盡頭，心中突然有所感，驅使我奔向你，你聽到腳步聲回頭，掙脫他們拐住的手，我們緊緊抱住，全身緊貼在一起，我的臉頰被你緊靠的鬍渣刺得好痛，可是我不想放開，最後在警察的拉扯下才分離、分離了，我的臉因而紅腫，直到好幾個月後的夏日傍晚才突然消失，本來還蠻高興的，卻看見巷口升起的冉冉白煙，我知道，你和我道別了。後來我也被帶到警察局問話，但是面對他們的問題是一問三不知，因爲眞的不知道你和呂桑到底在幹什麼，那時我偷偷到女中找過呂桑，可是門房說他離職了，在台北我已經不知道你和誰還有關聯，除了我。在和你重逢的這段期間，我每天都期待著一週兩次的會面，然而返家途中孤單地經過小巷、穿越田埂、見到那些漫天飛舞的紅蜻蜓時，「如火燒的晚霞中，紅蜻蜓唷，停憩在小小的竹竿尖兒上唷……」我會哼起這首感傷的民謠憑弔那些一起並肩走過這段路的日子。而我又害怕這一週兩次的見面，因爲每次反覆翻閱你後，我都徹夜難眠，我克制自己不要睡著，不想見你東拖西落地出現在我夢中，我害怕你阻止我繼續這樣肢解下去，因爲我曾經答應你，最後要將你縫合，像以前一樣完好如初，然而到後來，我明白縫合完好的機會愈來愈渺茫，我的心中懷有深深的歉疚，之前以爲最能好好善待你、以爲可以完整擁有你而堅持不換另一組，最後卻落得七零八落。幸好我只在夢裡見過一次你，你背對我，望著通往學校必經的那片田野，飄來的不是刺鼻的福馬林，而是你淡淡的汗水味，你沒有轉身，但我從你峭壁般聳立的肩胛骨即認出你堅挺厚實的背脊，我想到現在你原本厚實的背膀已形銷骨立了，於是對著你的背影喃喃唸著，對不起，我還是得完成學業啊。最後我告訴自己，我見到的不是你，我見到的只是你脫下的軀殼，就像羽化成蜻蜓後伏在稻桿的水蠆殼，其實眞正的你已如蜻蜓悠遊在天際。於是，我拿起刀片劃過，你的腳踝。韌帶在那裡圍著一圈，像保護著什麼祕密，我見腳踝及小腿的青紫，還有崩落的皮膚碎片，我不願想像是怎樣沉重鏽蝕的刑具曾經在你的足踝纏繞扎根，就像家鄉最熱鬧那條街底的巷弄廢棄的洋房、小孩子們口中的鬼屋，中校時你曾帶我進去探險，跨在牆外的一棵棵榕樹，竟然鬼祟地將根深進屋裡，再一點點脹大，終會將房屋撐垮。有次你帶我去看那棟洋房天井中的小小土堆，告訴我一個祕密，那個小時候偶爾在鎮上表演的走江湖賣藝人，將伴他的小猴子葬在這裡。不久前你發現他出現在小鎮，卻見他似乎不想讓人發現，帽沿低低的拐進那房子，你跟蹤他到天井，躲在矮牆後看著他的一舉一動，他先坐下，對著小土堆說話，然後再自瀆於土堆上，嚎叫的呻吟讓你以爲他中邪了，於是你不小心叫喊了出來，他見是你，要你不要害怕過來，告訴你這個土堆下埋著是他從小伴隨的猴子，他和師傅的第一場演出就是在這宅子裡，後來這宅子廢了，他也獨自一人了，有次他在鎮上表演完在這廢宅借宿，一時隱忍不住就開始自瀆，卻被他的猴子模仿去，猴子不知節制，當晚便精盡猴亡，他很後悔，於是葬之於天井，每年忌日定期灑精膜拜。我聽得霧颯颯，什麼是自瀆？你玩笑似地說表哥教你並從後面抱住我，掙扎的我在我們雙頰緊靠之際被你溫暖的軀體以及刺鼻的汗味懾服了，像個蒼白安靜的傀儡，耳畔只有你的鼻息，你伸進褲襠，握緊我，搓揉我，一陣酥麻以為要灑尿了，忙叫停，你樂不可支，出來黏滑白濁的液體卻讓我好驚訝。登大人了，你說，別像那隻猴子一樣喔。這是我們之間的祕密成人禮。上次返鄉，我獨自散步到鬼屋，此時被榕樹入侵的大宅更顯妖嬈幽暗，我面對森森樹影以及土堆搓揉自己號哭鬼叫，短暫的喜悅混雜積鬱的悲傷回憶全灑在土堆上，若此時有人經過宅院，大概又繪聲繪影了。我望著你皺縮的陰莖，已經完全發黑，我切開陰囊，仔細檢查後，在同學休息的當下把睪丸放入口袋，那是你未能出世的子嗣啊，出師未捷身先死，而今只能寂寞地屬於我了。最後，我們要拆解你的頭顱，我請同學小心翼翼撥開你的臉皮，自己藉口尿遁，因為無法冷靜凝視你的面容，回來時告訴自己肌肉橫陳的臉已經不是你，我再度操刀，解開緊抿的嘴唇，觀察你口腔的構造，又掀開你的頭蓋骨，將僵硬的腦取出，見你不流血、沒有掙扎、沒有嘶吼順從我們切下你的腦袋，我終於潰堤。同學把我拉開，認為我太累了，從學期開始就一直搶著操刀，對我心生不滿於是乘機讓我休息，可是我不從，這是我的你啊，然而我真的再也動不下任何一刀。我抓起被同學棄置一旁的面皮，再仔細地端詳，是啊，那兩道眉尾有角形突起，而右眉又有一道疤，兩頰被鬍渣掩蓋的青春痘痕，這的確是你，的確是你啊可是你真的消瘦了，我可以完全見到你臉頰深陷的肌理，和你本來豐腴的雙頰相比真讓我痛心，我不斷小聲地問你願意在我身上重生嗎？願意藉我再感覺一次生命的氣息嗎？我將手指深進你口腔，你的雙唇似乎輕輕地閉上，你答應了。於是我忍著嗆鼻的福馬林，把你的臉皮覆在我的臉上，一陣刺痛，眼睛也睜不開了，卻感到同學的目光都集焦於我，教授過來賞我一巴掌，附贈一句八格也魯，助教把我拖出教室到水槽下一直沖水，我的臉頰又再度浮腫發紅，心中卻洋溢著幸福的溫暖，那股暖流送我回到了在鬼屋的那一個下午，回到了我們分離的那一夜。教授把你的臉皮從我拉開的剎那，我多希望解剖台上的會是分開我們的警察、拉開我們的教授，我會很樂意把他們肢解成碎片的。表哥啊表哥，我們都不知道紅蜻蜓的歌詞是讖言，最後一次看到你是哪一天呢？竟是在上大體解剖課、掀開裹屍布的那一瞬間！

無聲蟬

早晨又吹起同樣的號聲，各種不同，同時又和孿生子一般相同的日子，一天一天過去了。

——蕭洛霍夫《靜靜的頓河》卷三

公元兩千零二年立冬這天，第一次搭乘五二一號公車並坐到城市郊區山腳的人，一定會對下午五點左右經過女中這班車的司機微微吃驚。在公車要上山前的最後一站，司機靠站，看乘客們魚貫走下公車後，突然起身走到後面雙排右邊第二個位子，輕輕喚了喚一名熟睡的一女中學生，拍拍她背後的座椅。那名瘦小的女學生垂在睡夢間，披著長長瀏海的頭突然驚醒，慌忙中抓起書包隨口和司機道了謝就衝下車，司機看她下車後也踱回座位，繼續載送其他客人。

對於第一次搭乘五二一號公車的人必定會吃驚於這幕景象，但時常搭乘的就司空見慣了。自從這名女孩上高中後，這類情況大概每一兩個禮拜就會發生。至於這個女孩是什麼時候上高中的，乘客當然不會花心思去記。

但對於五二一號公車司機王忠明來說，他可以十分確定這女孩是今年進高中的。他開這條線五年，直到今年才有一股衝動想要好好把公車內外清理個透徹，以往，他總是敷衍了事。他也記得第一次想要衝回總站要把車子徹底清理的日子，是今年九月中，他為了趕回總站還冒險過好幾站不停，並且連超兩輛同線車，這一切不可抑制的衝動都在聽到某一聲甜美的「謝謝」後發生。

秋老虎從來不會放過咬台灣的機會，九月的下午和盛夏的正午一般熱，太陽斜照更令靠西側的那排座位沒什麼人，使王忠明每次左轉時都隱約有翻車的錯覺，他的路線是往北行駛，早已習慣了夕照，短袖襯衫外露的前臂曬得黝黑通紅，因爲戴了帽子所以沒曬傷臉，只是不透氣的鴨舌帽使他在冷氣逼人的公車內也常揮汗如雨。

公車經過女中人就多了起來，女生聊起天來可吵翻天，尤其剛放學人多勢眾時。現在是新學期開始，學校的新面孔同是公車的，許多別線的同僚都常用忌妒的口氣和他們這一線的司機說福氣好，每天看年輕妹妹。但王忠明只想趕快將車開完，因爲這些小女生一來不會打扮，二來穿上女中「富有歷史特色」的制服後，不論本質是否美如天仙都一樣的拙。車上已經很擠了，一些小女生皺著眉頭唉唉叫坐到有陽光的那一側。王忠明心理暗自數落，有位子就好了，還嫌那麼多。

經過補習班區及幾個捷運站後，車上女生的分貝數隨往郊區的行駛而愈來愈弱，後來終於回復到原本的安靜，所有乘客默不作聲，天色漸暗，路旁的樹也多了，經過醫院附近時，路旁幾十年的老榕遮天蔽地，這片樹蔭老是將黑夜提早降臨，然而秋蟬唧唧的鳴噪未歇，穿過引擎的轟隆，穿過暗色隔熱紙的窗戶，在車裡回盪，乘客顯得更寡言了。他從後視鏡中往後瞧，只剩零星幾個制服少女夾雜在一般乘客和空盪的座位間。

路已經開始微微上坡，土地公廟前的站牌到了，他打開車門，有個制服女孩投了錢，清脆地響了一陣，接著一聲「謝謝」。霎時王忠明耳朵豎起來，覺得這個聲音有鑽心的甜，所有的感官都打開了，他聞到自己發臭的汗味，還有接下來的一位老婦散發的濃重腐朽的檀香，關上車門那一剎那的撞擊聲，讓他血壓升高彷彿聽到自己的心跳，他感覺有汗水從耳根流下脖子透上了領口，奇怪，連冷氣送風的氣音突然刺耳，車輪輾碎路上的落葉也如此心碎可聞。口中一陣鹹，他想喝水。

他往人行道看去，一個側背著書包，頭低低看著自己腳尖，低垂瀏海在夕陽下顯得黃褐的女生碎步走著。王忠明拿起一旁的礦泉水瓶灌了下去。原來是她。

他看了看後視鏡，沒幾個乘客了，地上一罐打翻的飲料隨車子的甩動而滾來滾去，鏗鏗的聲音和那一攤污漬突然刺眼又刺耳，他受不了，踩下油門，顧不得公車的速限直直衝去，除非有人按下車鈴，他完全不理會在站牌揮手的人了，他覺得車子好髒好髒，從後視鏡看去沒有什麼是順眼的，超過了兩台同線的車後，總站就在眼前，丟掉撐到最後的幾個乘客，他把車停好，怒氣沖沖衝到後座，啪一聲朝那鋁罐踱下，然後大吸一口氣，打開車窗用力扔出去，打到旁邊另外一輛公車的窗戶，發出最後一聲清脆的鏗鏘。

接著他跑去拉條水管上上下下沖洗公車，他從來都是爲了應付檢查才洗車的，今天他卻覺得好髒，他一面洗車一面有意無意朝自己身上灌水，其他司機看到都在一旁嘖嘖稱奇，這小子今天到底是自動自發在洗車啊！

把車子裡裡外外都弄乾淨後，他無法不注意到的立可白簽字筆塗鴉圖卻讓他呆坐在那。

「小狼愛美珍」「王小花的叫聲很淫」「想要波霸電 0977123 45x」「睡不著嗎電 0927654 32x」

各種器官的圖愈往後座就愈多愈淫邪，公車後面彷彿是那些未成熟的國高中生意淫的場所。在還無法區辨愛與性的年紀，王忠明記得同學曾當他的面在公車椅背用簽字筆寫下「王忠明陽尾」，他罵了聲幹然後奪下筆把陽尾塗黑，一面和同學嬉鬧互抓下面，現在想想，在還搞不清陽「尾」和陽「萎」的懵懂中，他的後半生似乎已在這樣的嬉鬧中決定了。

他拿了抹布和松香水開始抹，在一幅被誇大了的陰唇塗鴉前他卻怔住，他在蒐集的色情圖片中看過女性的陰部，可是這樣誇大的逼視卻讓他紅了眼眶。他看了看左手無名指的銀戒指，王忠明已婚，所有的同事都知道，但沒有人看過他老婆，只有他自己知道便宜從大陸娶來的新娘原是來賣淫的，在法院登記交換戒指回家就被幾個衝進家中的惡漢抓走了，新娘的鎮定讓王忠明了解到自己被擺道，他們臨走時撂下狠話兼灑一袋千元大鈔，王忠明軟弱，看到那麼多鈔票就開始數，整整比他迎娶的費用又多了三倍有餘，讓他邊哭邊笑在鈔票上打手槍。拿人的手短，所以也不敢聲張，至少戒指還在，有結過婚就是有結過。

但他常想到，當他一個人在寂寞的夜裡時，他的妻卻在別人的懷裡。妻偶爾會回來看他，只是他在年輕時第一次嫖妓就中疱疹的經驗實在讓他不敢碰，最多只有要求她口交，而他們也會避開四目相對，妻只是一具發洩的工具。所以，他突然嫉妒起那個塗鴉的毛頭小子，他從來沒和妻上唇對下唇的愉悅，那麼仔細地觀賞並銘記，可以在公車最角落默寫想念。

他親上去。

擦掉，松香水的味道終於讓他頭暈，使他沒那麼積極清理了。剩下的，算了。

他知道了，那女孩的聲音和自己的妻是多像啊，當初仲介公司有讓他們短暫通電話，他是憑著甜美的聲音和有點模糊的照片決定的，妻子被帶走時淡漠的眼神常常是他夜晚噩夢的最後一景。

這天開始，他兩個星期總會載到女孩兩三次，女孩的謝謝總讓他微醺，他會刻意報以不客氣及微笑，但女孩道完謝隨即回頭下車讓他洩氣，她根本沒有正眼瞧過王忠明。他不知從何時開始患得患失，沒載到女孩時公車總開得飛快，有次一個主婦級的媽媽臨下車還惡狠狠瞪他一眼，他也還以「看三小」；如果女孩在車上，他這班車最後會被兩輛同線的超過，當其他司機開門扯開嗓門要和他聊天時，他也不理睬。

他漸漸發現，如果有位置，女孩會坐在後面雙排右邊第二個位子靠窗，有時低頭看書，或望窗外，或倚著窗櫺打盹。瀏海總讓他看不清她的臉龐。他甚至有幾次看後視鏡看到差點出車禍。其實女孩還蠻常睡過站的，只要在土地公廟沒有聽到那聲甜美的謝謝，他看看後視鏡，就會走出座位，到後座上叫醒她。女孩會很慌亂道謝並下車，其實王忠明還蠻期待她打盹的，因爲他感覺得到，只有這時的道謝才是眞的，而她也會看他一眼，他也可以看清楚她一點。

有一次，他在清理後座的立可白塗鴉時，突發奇想，在女孩常坐的位子前面用立可白寫上「妳寂寞嗎？請電 8088980x」，這是他家的電話。

他期待女孩打來，卻又害怕她打來。有幾次電話鈴響了，對方不是一些怪女人就是皮條客老鴇之流，有天還有一個嗓音低沉的男人打來，第二天，他拿松香水擦掉電話。女孩仍如往常看書，打盹，看窗外。

冬天，春天，夏天，暑假，最難熬的暑假，暑假沒有所謂的學生了，女孩也消失了一暑假，王忠明試圖在土地公廟附近徘徊，可是一無所獲，而且，他也不知道若眞見到她該說些什麼。夏天的白晝特別長久，時間似乎都融化了，黏在一起，讓人難以脫身。日子停了下來，只有衰老的感覺很眞實一點點滋長。當車經過醫院前的那一條榕樹道時，鋪天蓋地的樹影就像蜘蛛網般困惑他，催眠他，常讓他想往逆向車道開，王忠明不記得以前曾有這種感覺！

九月的開學，當王忠明看到一個個制服女生上了公車，實在有說不出的感動，女孩是開學第二週才搭到他的車的，前一天的晚上，他拿著一本雜誌，在女孩常坐的位子前用黑色簽字筆畫了一個生日蛋糕，上面點了五支蠟燭。他不想畫沒嘴巴的貓或是卡通圖案，太幼稚了，也不知道要畫什麼才能表達自己的喜悅，他只想到有生日蛋糕時的氣氛總是歡樂的，所以畫了這個。可是那天女孩沒擠到那位子，所以用站的，但經過美術館附近時，路旁突然衝出一隻野狗，王忠明緊急煞車，後面站著的乘客摔成一團，女孩則撞上一旁的橫桿，血流如注，王忠明著急回頭，所有摔到撞到的就屬女孩最嚴重，或許他也只能見到女孩的傷吧？他趕緊拿出手帕壓住女孩的傷口扶她下車，看見她噙著淚水的眼睛，努力忍住不發出任何哭聲，他心裡發涼，公車也顧不得了，隨手招了一輛計程車直奔醫院。

一路上他只問了痛不痛。女孩皺著眉說痛，之後便低頭啜泣著，他左手搭在女孩肩上，右手扶著她的額頭，女孩瘦小的肩膊在他手臂下抽動。女孩鬢角長長的髮絲捲成一圈圈黏在粉白的臉頰上，汗水使臉頰反射光芒，王忠明按在她額上的手漸漸鬆開，血把汗水染成粉紅，也順著臉頰流下。他眩目了，到醫院的路好像一生那麼長。

縫合傷口時，王忠明向女孩詢問家裡的電話，要和她父母說，女孩婉拒了，說自己可以解釋。王忠明付完醫療費後，叫了一輛計程車陪她到土地公廟，一樣甜美的謝謝。王忠明回到總站被罵臭頭，扣了一個半月的薪水。但是他心裡是喜悅的。

意外過後，王忠明卻發現經過女中時，女孩就算在站牌等車，看到司機是他，也不見得會上車，他特別準備一盒雞精禮盒要送給她，但是女孩的頭總是在看到他後就別了過去，雞精一直放在駕駛座旁邊。王忠明從來沒那麼喪氣過，他留起了落腮鬍，車子也很少清理了，尤其是大雨過後，所有在車上積存的氣味都從各角落逸散出，沒有幾個乘客能待過五站的，申訴信不斷，他的路線也悄悄被改到清晨或深夜的時段，業績更是一落千丈。而且，經過土地公廟時，王忠明停車後常怔著出神，忘了繼續開下去，直至不耐煩的乘客破口大罵，他才回神繼續行駛。

有天他車行的老闆把他叫到辦公室罵一頓，問他多久沒清車子了，並威脅若不馬上改善就要他走路。王忠明懶懶地回到公車上開始沖水，當他在清理女孩以前常坐的那個位子時，赫然發現他畫的生日蛋糕竟走了樣，那五根生日蠟燭不知何時被人改成五根陰莖，王忠明坐在位置上歪頭看著，一陣抽筋似的怪笑從他丹田湧出；他拿來立可白，加上一點精液。

冬至那天，不知為何他竟排上女中放學時間的班次，經過女中時天色已經快暗了，或許天色暗或留鬍子的緣故，女孩從後門上車，照例坐習慣的位置，王忠明卻沒注意，當他疲累地開到總站後天已經黑了，停好車，關上引擎，回頭，發現女孩在位子上靜靜地睡著，他一時不知道如何是好，而一旁總站裡湯圓的香味已飄進了車內。

王忠明於是走回站裡，舀了兩碗湯圓，小心翼翼端進車內，女孩正睡得香甜。他坐到女孩身旁輕喚，醒醒，我請妳吃湯圓。

女孩揉揉眼睛並被湯圓的熱氣蒸醒，她以爲到站了於是抓起書包轉身赫然看見笑盈盈滿臉鬍鬚的王忠明，嚇一跳大叫你要幹什麼就把兩碗湯圓撞翻了，幾乎都灑到王忠明身上，他痛得哀號，女孩則尖叫著。站內沒事的同仁看他鬼祟拿兩碗湯圓回車上就躡手躡腳跟在後面，然而上車卻看到這一幕，趕緊衝回去叫老闆，王忠明連解釋的機會都沒有就被拖出了公車，很狼狽從背後拐下去，經過駕駛座旁時他瞥見擺在那的雞精禮盒，他大叫：「小妹妹，那是給妳的！」

在他搖晃的眼睛裡，昏暗的公車後面，老闆和兩個女職員包圍住女孩，他沒法見到她。這是怎麼了？他問。

當然王忠明丟了飯碗。這件事似乎也沒有鬧大。

沒工作之後，王忠明天天在土地公廟附近留連，每當女孩下車時，他會站在遠方的牆角偷看，然後偷偷跟蹤她經過土地公廟旁的巷子，到一幢有絳紫色壁磚的公寓大樓直到她開門進去。他一直無法聽到她的聲音。他多想再聽一次女孩說的謝謝！

土地公廟旁的巷子裡有一棵大榕樹，上面各種鳥類的鳴叫和榕樹糾結的氣根混雜不清，樹下有一張石椅。白天，王忠明常會坐在這樹下面靜靜聽，直到黃昏將至。某日在樹下打盹，竟被一隻將死之蟬砸到，他拾起那隻蟬，雙指夾著牠兩側，蟬又狂叫了幾聲，王忠明伸指碰碰牠的複眼，牠竟將口器彎上戳著指頭，或許牠以爲這是一段樹幹吧？接著鳴聲斷斷續續，沒了。王忠明折下兩片蟬翼，把殘軀塞到樹縫裡，透著這兩片半透明血脈縱橫的翅翼，看著女孩的窗口，當然他不知道哪個才是，他用翅膀觀測一切可能。

這樣耗半年下來，他不是沒有意識到自己的積蓄快用光了，應該積極去找另一份工作才對，他也想到，時間可以沖淡女孩對他的印象，或許哪天可以裝成路人幫她撿拾遺落的物品，這一切等待只是爲了那聲甜美的謝謝。

有一天他在榕樹下睡過頭，錯過女孩回家的時間，他洩氣地伸個懶腰，轉頭那女孩竟在旁邊注視著他。然而焦距對準時，卻發現不只她，後面還有幾個人，只聽到女孩說，是的，就是他每天跟蹤我，於是棍棒齊飛，王忠明耳朵發鳴，眼冒金星哀哀叫，隱約聽到有人說把這色狼趕出社區，不要饒了他，打完再送警局……

王忠明沒有辦法思考，但也沒痛暈，而後他在一陣喊打聲中再次聽到女孩的聲音，好了，別打了，謝謝你們。

啊，她說了，我聽到了，只是並非對我說。王忠明流下淚，被拉到警局。警察幫他稍微檢視傷口後問他爲什麼要跟蹤女孩，他只是搖頭否認說沒有，最後被逼急了，只怒吼，我走在那條路上或睡在榕樹下有錯嗎？警察搖搖頭，說那個里的里長不好惹，後台硬，動私刑我們也不能對他怎樣，況且你竟然跟蹤他女兒？我不管你目的是什麼，以後不要出現在那一區你我都好做人可以嗎？

王忠明嘆口氣，點點頭。他心裡已有打算。

他等妻子回來。

妻子像個有禮貌的客人進家門，王忠明總是和她有點距離，妻的價位便宜而接客不斷，衣著一掃當初大陸妹寒傖愈發華麗金閃閃，可憔悴的眼神任多厚的脂粉都掩飾不了。王忠明自從被毆後天天喝酒，現在歪斜斜倒在椅子上等酒意散去，妻是見錢眼開的老實人，看到他如此，心裡上多少有點愧疚，這些日子妻雖不常來家裡，但每次都會塞給他一些生活費。王忠明靠她勉強度日。一陣酒言酒語後，妻以爲他們又照例到房間吹簫，然而這次王忠明卻扒開了她衣褲，從嘴唇一路吻到下陰，笨拙地扳開妻的腿間，憐惜地觀賞著，並用舌尖試探，味道比淚水多幾分複雜。老練的妻撥撥頭髮起身觀察王忠明的動作，反而不知道要裝出爽快的叫聲還是告訴他要怎麼做比較給面子，另一方面她也很訝異丈夫竟然要動她了。

讓她更驚訝的是，王忠明沒做任何防護就進入她了。王忠明除了喘息聲並不多話，唯一給她的指示是要她說謝謝，妻大大小小場面都遇過，馬上知道丈夫仍是把她當成妓女般要求，她火，卻也忍著照他的做，王忠明還指示她聲音細一點，稍微高一點。事情過後，妻一點也不耽擱連澡都沒洗，穿好衣服就衝出門了。王忠明呆坐在床上一臉傻笑。

第二天女孩放學時，遠遠看見有人站在榕樹下的椅子上，好像在綁什麼東西似的，看到她走近，那人把頭一掛，兩腿一伸，就吊在那了，而他鼓脹生機未熄的眼睛正盯著女孩，臉則絳成紫紅。女孩認出是王忠明，嚇得不敢過去。王忠明勉強伸起手其實只動了幾根手指做了一個打招呼的姿勢，女孩已經甩頭跑走了。兩片碎裂的蟬翼從他手中飄下。

蟬噪愈來愈大，把黑夜都喚醒了。

蚰蜒變文

用杯子喝你倒的茶，
用杯子喝從你指尖流下的
春的寒意。

——陳黎《小宇宙・二十六》

多年後某夜，小妹在自己賃居的套房就寢前，會發現床邊的窗台有條緩緩移動的矇矓影子，她本能地抓起眼鏡坐起，看見是一條黑的發亮的馬陸，牠光亮的殼上還帶有深紅色的鑲邊，纖毛般細緻的步足密密麻麻像水波被風輕吹拂過在窗台上飄移，小妹心臟收縮了一下，但隨即釋懷，就像被多年不見的老友突然從身後輕拍的那種震顫。小妹伸出手指，輕戳了還在尋找方向的馬陸，馬陸備受驚嚇立刻縮成一個小圓餅，還在窗台上拉了一小粒黑色的糞便。

（那些將被槍決的人們，不也是這樣？往往在被拖到刑場前就腳軟，子彈打中的瞬間屎尿滿地？）

（而我手指的輕觸之於馬陸就像子彈一樣令牠失禁？）

小妹滿懷愧疚將牠拿起，裝到剛吃完的維他命丸罐子裡，今天已經太晚了，明天喔，明天我再帶你到草地去，小妹說完，把蓋子旋上，沒旋緊。

（聽說褲管還要綁好，否則拖屍體的人很難處理呵。）

「別旋太緊，不然蟲子會悶死喔。」小妹攀著高過她視線的木桌，看著爺爺從櫃子高頭拿下方形的紅色塑膠盆，上面蓋著一層紗網，成千上萬黃澄澄的蠕蟲在顏色雷同的米糠中鑽動。爺爺把紗網打開，用鑷子夾起三條蟲，放到一個比拇指大一點的圓柱形小罐中，再向一旁目不轉睛的小妹說了這句話，最後把盛滿蟲子的盆子再放回高頭，把小罐子放到左胸前襯衣的口袋中。

小妹在棉被裡想著小時候的畫面，那些在他眼前鑽動的蟲茫然無知於接下來的命運，除了在被鑷子夾起時身體的前半段和後半段扭曲成阿拉伯數字八字型稍微表達了抗議，便溫順安憩於小罐子中，或許，在爺爺胸前的口袋中還可以感受到人體溫暖的熱氣，那是牠們在櫃子的高頭無法感覺到的。

牠們的下場無一例外，最後都成爲爺爺給擅鳴的畫眉鳥的禮物。小妹知道，小罐子出動時，有幾隻蓋在簾幕中的畫眉鳥，就會被爺爺放上他的達可達輕型機車，然後再慢慢地騎到隔壁里的朋友家，他們會圍著這些鳥讚賞牠們的聲音，小妹去過幾次，他們濃重的鄉音並無法讓小妹理解，但是仍可以從他們激動的言談和笑聲中聽出歡愉的氣氛，也只有在這個地方，小妹才會看到爺爺多話的時刻。

（啊，今早……）

小妹摸了摸脖子，脖子右邊的肌肉還隱隱作痛，今早上班途中，經過居處附近的街道，聽見了一陣斷斷續續的「啪」、「啪」聲，像是有什麼東西掉落打到了停在路旁的汽車，她一時以爲是下雨了，那還眞像夏日的暴雨落在金屬遮雨棚上的聲音，只不過沒那麼密集。正當她邊走邊放慢腳步猶疑要不要從包包中拿出雨傘時，脖子右邊突然一陣劇痛，小妹大叫了一聲，愣在路旁。

一個西裝畢挺提個公事包的男人從她身邊躲瘟疫似地繞了半個圓經過，還回頭看了一下。

小妹又聽到幾聲「啪」、「啪」，她想到了什麼，往對街一排公寓看上去。

什麼都沒有，除了陽台加蓋的鋁窗和鐵柵。

但那聲音也停了。

有人在對街把路人當射擊的練習靶，可能是鋼彈，可能是BB彈。

剛開始，小妹很氣憤前後徘徊想找出隱藏在公寓的狙擊手是誰，可是來回惡狠狠地瞪了幾次也不知該朝哪邊瞪後，還是得先離去。上班途中，小妹激動的心情有點難以褪去，她考慮要不要報警，可是這種事報警有什麼用呢？

小妹躺在床上，瞪著天花板，其實，只要換成眞的子彈，那一瞬間，她也不會感受到什麼。只要換成眞的子彈，她現在就躺在停屍間了，其實死亡眞的不會有什麼感覺的不是嗎？死亡造成的恐懼總是在死之前的威脅下產生，槍之所以恐怖，是有人拿著抵住你太陽穴，你可以聽到扣扳機的聲音，感受到死亡的腳步，可是死亡假如在今早上班途中從對街駕著子彈拜訪我，而且一次命中要害，我幾乎不會感覺到它穿過我的脖子，我會在那一刻就缺氧，意識癱瘓。

可是今天穿的那件粉紅色碎花裙就會被弄髒了，唉。惹不得塵埃。

究竟那些馬陸是怎麼爬進來的，這一直是小妹百思不得其解的疑問，不只一次，小妹在整理十坪大小的賃居處時，常會在散落的書本下或是門後角落堆積的灰塵中，發現一兩隻馬陸的屍體，那些屍體通常也是捲曲成圓餅狀，怎麼戳牠都不會動了。而她這個地方，是一間公寓的第二層，旁邊並沒有草地，最近的草地在隔兩條街的公園，怎麼那麼招惹馬陸呢？反倒是居家常見的蟑螂蜘蛛十分罕見，難道是馬陸的功勞嗎？

一般而言，小妹並不覺得馬陸對她的賃居生活有太多干擾，除了半年前一次入睡後，背脊傳來一陣輕輕的酥麻感，那時小妹的夢中場景正在過去的時光中，在爺爺奶奶的家。是漫長的下午，吃完午餐後兩老的精神也逐漸萎靡，小妹坐在陰暗的客廳中陪爺爺看「戲曲你我他」。那時小妹尚不識字，對咿咿呀呀的京腔也無法理解，她看的是那些顏色繽紛鮮豔的臉譜，她曾經拿著彩色筆對著鏡子在自己臉上塗鴉，想像著那些紅的綠的黑的黃的臉譜，要在臉頰上畫上怎樣的螺旋紋路，額頭點上什麼樣幾何的符號，顏料如此接近讓她聞到一股冷冽的幽香，一時有些上癮，可是怎麼畫都跟電視上的差很多，小妹於是哭了起來，驚動了爺爺奶奶，一張混合顏料哭喪的臉把他們扎實地嚇了一跳。

「這小妮子真精怪。」奶奶一面幫她洗臉一面說，顏料仍在臉上逗留了好幾天才褪去。小妹長大後因此脂粉不施。

然而夢中並沒有那些太細微的場景，夢中的場景是光影或其他抽象概念的組合，小妹在夢中看到了某幾束穿透過眷村矮牆灑在窗櫺上的光，就知道是幼時的下午了，那些光無助於改善屋內的陰暗，只會兀自在鐵窗櫺閃耀，還有矇矓中拔尖的京劇唱腔，顏色混雜的臉譜在焦距之外扭動著，慵懶的幸福感充斥在小妹心內，她感到臉頰正貼著溫暖的東西，是，是她枕著爺爺的大腿，然後背脊傳來一陣酥麻，由遠而近，緩緩地，爺爺粗糙的大手在背上撫摸哄她入睡，小妹輕輕地顫抖著只有自己知道，由遠而近，一股暖流在腹部擴散，小妹驚醒暗叫不妙，她尿床了。

背上輕微的騷動仍在，她往背上一抓，一隻馬陸掉在棉被上捲成一團，她懊惱地起身，多久沒尿床了，上次是小學了吧，她帶著羞赧不甘願的睡意和突然湧現對爺爺的回憶怔怔地把床單被套扯下，床墊上的尿液已經失去暖意而冰涼，小妹只好晾著，再到廁所把剩下的尿解完，她坐在馬桶上呆看著自己濕漉漉的陰毛，像一叢剛結上露水的野草。接著，她從櫥子中拿出幾件外套，在單人沙發椅上捲成一團。

那夜她蜷在冰涼的沙發上，不時因觸碰到冰涼的大理石而驚醒。這沙發椅可是古董呢，小妹在家中一次更換沙發的行動中搶下的老家具，它本來是一組共有三座、兩座、一座式的木框大理石沙發，把手有獸爪般的紋路，椅腳則有明式家具的彎曲弧線，椅墊和靠背處都是一整塊深綠色雜有灰白花紋的大理石，夏天坐在上面很舒服涼爽，冬天本來可以加上軟墊，但那些墊子都已經發潮發霉丟了，小妹爸媽就是在某個冬天受不了於是上了家具行挑了一組時髦西式的小牛皮沙發替換，小妹苦苦哀求才留下了最小的一具單人坐的，出來工作後，就把那張爸媽一直嫌佔空間的老式沙發帶到房間裡。

更重要的，那張沙發是爺爺奶奶給他們的。

小妹家在她還小時其實經濟能力不好，一直沒有太多餘的閒錢，家裡一切從簡，窮人是不會有客人的，所以沙發也免了，在她剛上小學時，爺爺奶奶家因爲兒子結婚所以翻修，淘汰了一些老家具，這套古董沙發椅就直接送給妹妹家了，妹妹就是坐在這張大理石沙發椅上枕著爺爺的大腿，若有似無地看著電視。

（那令人噙著淚水鬆弛地入睡的撫摸……）

「敷敷……」每當小妹噘起她的嘴唇向爺爺撒嬌時，爺爺的手就會伸到她的背上輕輕摩挲，幾次模糊的記憶中，爺爺也會將手滑過她的腰際和胸腹，讓她微微地笑著，像逗一隻慵懶的小貓。然而國小五年級左右開始發育並知道羞恥後，她就再沒要求過爺爺了。曾經，她也不經意地向交往過的兩任男友索取這樣的撫摸，「敷敷……」當她噘著嘴撒嬌他們甚至不解其意，小妹還必須煞風景地向他們稍微解釋這種肌膚之親的步驟，可惜他們的手都太細嫩了，現在的有教養的男孩子，是多麼不幹粗活的啊，且都沒耐心胡亂抹一陣草草了事。爺爺的手，厚大溫暖，滿是老繭，大概是被槍桿子磨出來的，他動作遲緩而綿長，她從來沒有意識過爺爺的手是在何時抽離她身體的。

（在他從戎的生涯中是否也曾執行過槍決呢？他和善的眼神後有沒有隱藏著任何殺戮之

氣？）

是夜，在單人沙發中的某次因冰冷而悠悠的轉醒中，她想起了那隻馬陸的下落，剛才整理床的時候忽略了，可是找到後有何用，她又不會像對待蟑螂蚊子般處死牠。

（那隻蚰蜒……）

馬陸和蜈蚣同屬於節肢動物門的多足類，體態類似，由多個重複的節組成長長的軀體，每個體節只有一對步足，外觀相似，蜈蚣卻具有毒性，肉食，凶猛，馬陸則溫和，腐食，像個頭低低走路只用眼光吃自己腳尖的害羞女孩，然而小妹卻先和牠們另一個有毒的親戚，蚰蜒，打過照面。

我們對動物之間的親源關係可如此一筆陳述，但人與人之間的關係就沒辦法這樣簡化了，這在喪禮上尤爲明顯而保守。

爺爺爲鳥癡狂，在他窄小的二樓陽台上養了十幾籠子的鳥，擅鳴的畫眉全都給深藍色的布罩了起來，雲雀和百齡鳥住在長長的籠子中，繡眼和黃鶯則在小型的籠子裡。小妹只能在打開布幕一角讓畫眉曬太陽時才能看到那雙雙描著白邊的眼。爺爺和小妹說，罩上牠們，牠們才會鳴叫啊，才會叫得比較好聽。多年之間小妹一直在思索這箇中道理，鳥兒在黑暗中鳴叫是因爲覺得自己已見不到太陽了，還是要呼喚落難的同伴爲彼此加油打氣？鳥同此心，人同其理，這是人之將死其言也善嗎？屈原寫離騷，文天祥寫正氣歌，汪精衛寫「引刀成一快，不負少年頭」，王爾德寫獄中書，哪一個不是在死亡逼近時所唱出的天鵝之歌呢？那大部分來不及準備死亡的呢？就像小妹若一彈被手槍打穿脖子，她有準備好她的天鵝之歌嗎；在瞬間消亡的她，腦中最後的一瞬會是那些慷慨或抑鬱的語句嗎？

「啊……」這大概是她腦中最後一個字。接著會如同傳說在腦海裡生命開始倒帶，再也無法多添一鏡，成爲上帝永遠不會再觀賞的收藏。

我們猜測小妹臨終前的最後一個念頭，最後一個字，小妹也時常臆想，爺爺在那次穿越馬路時，到底在想什麼？據奶奶的描述，那是一個尋常的遛鳥天，爺爺騎著已經很老但保養很好的達可達腳下兩籠，手中一籠，搖搖擺擺騎上街，路人說，爺爺就這樣愣愣地和一台車九十度相撞，「自殺也沒有人那麼順暢的。」這是那路人最後說的，奶奶看在他好心報警，不想和他多爭什麼，心想這個人的福報就此抵銷了。雖然相撞的過程很順利，爺爺倒沒橫死現場，三隻鳥卻全都被撞得翻肚。

在那個閃黃燈的路口，小妹曾猜想爺爺發愣完全沒注意到交通的理由，難道是三隻畫眉在那之前預感到了死亡，所以唱出爺爺生平聽過最美的鳴叫以至於爺爺愣住發生車禍，但這畫眉若不開口，車禍也不會發生，因爲這種矛盾，讓爺爺車禍的瞬間在小妹腦中徘徊不已。而那閃黃燈的路口也終究上了紅綠燈了，是死諫，爺爺的紀念碑，小妹心想。

沒有人知道那幾隻放在口袋裡的蟲子的下落，蟲子生命力強韌，只要沒被壓著，應該是會活下去的，可是沒有人會注意到那個小罐子，那罐子可能從口袋掉出滾進水溝，可能最後也遭來往的車輛輾碎了，或是就這樣靜靜滾到路邊，沒有發生任何事，沒有人知道那麼小的空間內最後可能起了同類相食的殺戮，或那幾隻蟲都剛好羽化，最後成熟破蛹，牠們也一無知悉為何還在這個狹小空間內，就像古裝戲中豪氣的英雄把刀子往頸上一抹說十八年後還是一條好漢，結果投胎眼睛一睜發現還在原處拿著刀子般不堪。

是媽媽接到奶奶啜泣的電話，小妹一家三口趕到醫院，當時她已經上了大學，有一段日子沒有見到他們這對老夫妻了。爺爺在加護病房中不停晃動著雙腳，他兒子說是因為傷到腦部的緣故，他們在爺爺耳邊大喊「小妹來了！」然後要小妹握住爺爺的手。小妹看到爺爺眼皮一直不停翻動，而裡面覆蓋的卻是淡淡的眼白，換爸爸媽媽和他握手時，爺爺漸漸不動了，進入了平靜的狀態，後來他們說，爺爺就是要撐到小妹來，才願意走的。小妹不敢直視奶奶的眼睛。

爺爺接下來植物了一個星期才真正停止了呼吸，這是不俐落的死亡，拖延是死亡最好的盟友。

小妹沒有再去看過他。

出殯那天，剛好是小妹第二任男友的生日，朋友約了一群人去水上樂園玩，她仍先去了公祭。縱使平日再親密，親疏遠近在死亡面前還是一下子就顯露無疑。爺爺奶奶並不是小妹血緣上的祖父祖母，他們是一對退休軍人夫妻，小妹的父母在上班時間就把她托給這對老夫妻帶，因為他們和小妹的祖父母年齡相當，小妹就以此稱呼叫他們了。媽媽和小妹說第一次把她抱到那裡時，爺爺進門看到就笑著對奶奶說：「我養一群鳥，妳養一個小奶娃兒。」從小被他們教養著，胃被養成了道地的湖南人，喜歡吃泡菜、酸江豆、酒釀，家裡也只有她一人敢吃辣，湖南的口音對她而言沒有障礙，反倒是自己祖父母的台灣國語甚至閩南話聽得霧颯颯，連說話用詞都帶有湖南風味。

「媽，幫我把高頭的盒子拿下來。」小妹小時候有次和媽媽這樣說，她媽卻一頭霧水，什麼是高頭，後來才搞懂是指「高處」的意思。爺爺奶奶在她小時候也常帶著她去見親朋好友，所以喪禮上，許多老人看到她，都說「這不是以前的小妹嗎？」「長那麼大，那麼別致了。」「好久沒有看見妳了。」她也不斷在回憶中指認「這是徐伯伯」、「這是駱奶奶」、「啊還有他們讀軍校的孫子小德和小華」，縱使她認識那麼多人，甚至比奶奶的兒媳還跟他們熟絡，她仍然是。

外人。

小妹心中悶悶的，她沒有瞻仰遺容，和奶奶擁抱落了幾滴淚，便和爸媽離去，和男友會合。

到了和男友會合地點，他看小妹臉色不好，問她如何，她說了喪禮的事，她男友安慰她說：「別難過，天底下哪裡不死人。」小妹覺得，他們的感情大概走不下去了。

喪禮前一段日子，得知爺爺死訊後，小妹對周遭的昆蟲都異常敏感，聽說，死去的親人會在出殯前化成昆蟲回來看看，小妹強忍著被蚊子騷擾因而失眠的痛苦，忍著看到蟑螂作嘔的反應，忍著看到蜘蛛想打的衝動，就是不殺牠們，雖然，她知道蜘蛛不算昆蟲，可是在傳說起源的年代，人們有這樣細微的區分嗎？直到有天，她見到一隻張牙舞爪的怪物從櫃子底下爬出來，那怪物有著好多隻細細長長的腳，像一隻把身體拉長的大蜘蛛，看到這個東西快速地移動，小妹簡直傻了，寒毛直豎，慌亂中尖叫著拿起掃把拚命打，這才想到，破功了。

查了圖鑑，原來這是蚰蜒，小妹想，是爺爺嗎？

（因此爺爺的靈魂在世間不停飄泊，化爲一個個蟲虫蚊蚋來和我相見？）

她從冰冷的沙發椅上起身，打開抽屜，她處決的蚰蜒意氣風發地躺在玻璃盒裡。那天，她哭著用三層衛生紙把殘破的蚰蜒屍身交給唸昆蟲的男朋友，請他製成標本，男朋友歪著頭說已經那麼破了，難度很高呢。

在男友還給她那盒製作精美的標本後，小妹和他分手，事後她也覺得奇怪，感受不到對他有任何愧疚。

（如果爺爺注定要被困在蠕蟲狀的身軀裡，如同給鳥餵食的，爲了不嚇到我，所以化爲馬陸？）

依照約定，白天起床後，小妹旋開蓋子，挑起馬陸，放到了草地上。

叢生在她白色瓷土上捲曲的黑色草地。

四重奏

平日置身於幸福中，遭遇不幸時，幸福根本派不上用場。

——三島由紀夫〈盛夏之死〉

一・妳

丈夫的腳步聲遠離。

妳假裝漫不經心，恍若沒有聽見。卻早已從晨光中慢慢甦醒復活。活起來是痛苦的，妳記得年輕時看見埃及的木乃伊製造方法，把內臟腦漿挖開另外保存，是爲了將來的復活作準備。這樣的復活想必是充滿痛苦的吧，想到要一個人躲在暗黝黝的墓穴中，摸黑辨識出哪罐是肝哪罐是肺，接著把身體撕開，將這些臟器一一定位，就覺得還是一了百了，別復活了。

這是妳每晚的願望，可惜美好的晨光總是喚醒了妳。同時喚醒了身體的痛，他們也上工了，妳想發給他們資遣費，可惜都沒有用，他們是勞碌命，妳就是他們的工作。

或許今天是比較特別的日子，妳比較能忍受那些痛。妳將和老朋友見面，他總是記得要相見的日子，呃，說相見不知道對他算不算是諷刺，可是妳覺得代換成「相遇」，巧合的意味比較濃重，但事實並非如此，每過一兩週，他就是會打電話給妳，然後約見面的時間。對他而言，「相聽」可能比較確實，可這是哪國文法啊？

更別說妳每次在見面前就要在腦海中滾一輪的「相碰（車禍喔？）」、「相觸（性騷擾!?）」、「相聞（這大概可以勉強形容）」、「相嗅（唭！又不是在湖南看湘繡）」……等等動詞組合，可是以上都不是妳最後說出口的，那句話「又見面了」還是最好用。

終於可以換個人講中文，妳彷彿聽到不同的音樂。

妳特別要陳太太早點來照顧妳，妳希望在今天再見到他時，不會因爲身體的痛而有所影響。

陳太太的鞋跟和柚木地板開始奏樂，清脆的木琴，照妳要求的依循節奏規律，每天變換不同地到來。這是妳對她唯一比較嚴苛的要求了，妳希望早晨充滿某種節奏感。

陽光這下才眞正照上臉，妳不得不選擇睜眼面對或掀起被子蒙頭。

選擇，是好久以前的記憶了，但每當陳太太拉開窗簾時，妳還是會習慣性憶起，但現在最安全的，就是啥都不動。

鳥鳴聲隨著窗戶的開啓像調高音響般大聲了起來。

陳太太把溫水袋塞入妳的衣服內襯，然後打開音響，那是妳指定的晨間音樂，舒曼的《幽靈變奏曲》。

聽完，妳接著變奏曲的旋律，要陳太太按下錄音的按鈕，輕輕唱起了妳編纂多時的變奏。

陳太太依然故我地哼起粵劇小調，不管和妳的旋律有沒有衝突，她從不會問起妳唱歌完爲啥冷笑。她走到浴室放水，妳也從來不詢問她到底哼的是哪些內容，妳想，用英文解釋起來也太費力了，陳太太把妳的生活起居和中午的飲食照料好，不要虐待妳，妳就很滿意了。

妳要陳太太準備好「摻」，她應了一聲。

陳太太是香港移民，陳先生是楊博士在僑界很要好的朋友兼遠房姻親，也是你們結婚時的接待，但是好景不常，你們結婚後半年，他就胰臟癌去世了，留下一筆財產，陳太太教育程度不高，喜歡到處做事，楊博士遂請她來照顧妳。陳太太比陳先生小很多歲，挺會打扮，每天都朝氣十足地來上班，她普通話所知有限，最懂的就是「陳太太」三個字，英文倒還可以溝通，妳常覺得荒謬，同來自華語圈，卻要用英文交流。

反觀子強，是移民馬來西亞的第三代，雖然有點口音，普通話卻不錯，因爲祖上廣東，粵語也說些，陳太太看到他比較樂，但是子強看著妳的面子，當然不會像溺水者看到浮木般扒著她拚命講，他自己娶的就是個廣東老婆，家裡應該講很夠了吧。

其實妳是懂點廣東話的，但是，那對妳而言，不是願意和陳太太動用的語言。

多年前，妳和子強學的幾句，子強來拜訪，也不大用得上，結果就是，連想起來都很吃力。

如果有能力，妳願意和子強發明一套只有兩人懂的文字，隨你們的逝去而消滅的文字，專屬的文字，沒有人可以介入的文字。

當然，多年前，你們是有很好的共同語言的，現在雖然不能說沒有，但只有他能發言，這當然顯得無力而無法交流了。

音樂。這不是太難的答案。

他比妳早一年進入這所美東音樂學院的博士班，相遇時，妳沒有懷疑他是東南亞人，褐色的皮膚、矮壯的身材、讓妳迷惑的雙眼皮及黑色捲髮，讓妳自然而然地和他用英文問候，他突然冒出一句「我也是華人啊」妳才吃了一驚。

他說自己看人，尤其是華人，很準的，從來不會有所閃失。

就像他彈琴，妳沒聽過他失手。

那次走廊上短短見面沒有多談，妳一直以爲他不是銅管的也是拉大提琴的，沒想到第一次用琴房就不小心用到隔壁房間。那時，妳只隱約聽到隔壁琴房有人正在練妳將要練習的拉赫曼尼諾夫最有名的《升C小調前奏曲》，其實妳在台灣早就會了，但這間學校有位從俄國來的教授，教授妳此曲，妳才需要練習。

和人家彈一樣的東西很不禮貌，但妳想，這是巧合吧，對方或許不會注意到。妳開始彈奏沒多久，突然發現，隔壁的人竟然跟著妳的節奏和詮釋，兩間琴房彷彿有條絲線在牽引著，妳根本無法輕易停止，妳離魂似地隨著他的詮釋起舞，又好像失散的一雙手，手掌可以緊密地嵌合住，妳試著只彈左手負責的音符，對方過了一小節發現了，只彈右手的，你們的律動，除了牆壁造成的音量不同，竟然像生在同一隻鴿子上的兩隻翅膀那麼協調。

等到曲子結束，妳迫不及待衝出房門，看到在那裡擦汗的他。

他彈得滿頭大汗，洗完澡般。是子強，妳驚呼，原來他也是彈鋼琴的。

躊躇滿志充滿自信的妳，進入音樂院後，其他的美國人妳根本不放在眼裡，自認的對手，就是他了。

二・你們

彷彿認識好久了，即使才入學不到兩週，你們練琴的時間就常常排在一起，各種練習的搭配：四手聯彈、雙鋼琴、各只彈左右手、他指導妳、妳挖苦他，你們全部都排列組合再組合排列，最常見的狀況是，一本譜子，翻開第一頁，誰先彈都無所謂，或是彈到一半突然有隻手搭了進來，那原本在彈奏的就先退下去，或偶爾某隻腳在一旁磨磨蹭蹭，踏板上的那隻就會讓位，或是其中一人又重新接收回雙手的使用權，只剩下腳踏板給對方，你們可以在這樣有默契的狀態下，從頭到尾彈完一本巴哈莫札特或是李斯特。他雖然生長於熱帶，溫帶寒帶的氣候他反而覺得異常舒適，汗腺也不會因此收斂，歇息的時刻，他會一個個擦拭著琴鍵上由溫熱轉爲冰冷的汗水，妳剛開始則會試探性地幫他揩揩汗，後來乾脆準備兩條手帕專門幫他把豆大的汗珠吸乾，他老是紅著臉先推辭一番才任妳擺佈，慢慢地妳因此對他裸露於衣衫外的皮膚嘹若指掌，對於他前一晚被蚊蟲叮咬的包或是新長的毛髮還有不小心被東西刮傷的痕跡比他還清楚，妳還知道連他都無從知曉的後頸部汗毛，妳默默地看著那些毫毛排成螺旋的紋路一直盤旋到髮根。其他的時間，你們細數著音樂史上的鋼琴作曲家交換著和這些人的作品的祕密：史卡拉帝的奏鳴曲我不喜歡用大鍵琴彈，噢蕭邦充塞了我整個在檳城失戀的時光，巴哈的三聲部創意曲是小時候哭著練起來的，當初我是用舒伯特的即興曲考取馬大音樂系的，我曾經視譜完整本孟德爾頌的無言歌沒有彈錯半個音呢，妳有沒有彈過舒曼最後的那首作品幽靈變奏曲很有意思喔……彷彿年輕的情侶喜愛到郊外看星星認星座，你們不是不時興看星星，而是那太日常了，練琴到深夜的晚上，走到校園內，哪個星座看不到，他會喃喃地說，換個地方，連星星都不同了，妳看他因此感傷起來，也不會多提看星星這回事，但妳享受著，當晚風清拂、他在妳身旁喃喃訴說著美麗南洋風情、妳抬頭默默觀測著星空的時刻。妳問他怎麼會長得那麼東南亞，是不是和馬來人有混血過呢？他說他很確定自己不是峇峇，至於怎麼那麼有南洋風情，也只能歸咎於一方水土養成怎樣一方人了，妳心中微微失望了一下，妳幻想著他有深不可測的身世未果。或許，你是吃榴槤吃成這樣的吧，妳打趣。他說自己不常吃啦，沉吟半晌，和妳形容養榴槤的芭，和雨林很像，雜草雜樹叢生，榴槤都是撿掉到地上的。那假如撿的時候被砸到咧妳問，我不知道啦，沒聽說過，大概榴槤有人性吧不會隨便亂砸人他說。你們都不敢問對方有沒有男女朋友這種問題，好像問了這句就會發生什麼不可預測的事情，你們心中暗自想的，和台灣海峽的局勢一樣，老喜歡「維持現狀」，妳想著假如問了有，這樣不是很尷尬，如果沒有，那不是在暗示，妳希望他能表示什麼。妳覺得兩人就是鋼琴狂熱，加入別的，難免攪亂一池春水，妳還不希望這種用音樂及鋼琴及踩踏板時不小心踩到對方腳來維持的局面起什麼變化。你們荒廢原有應該最常練的單人演奏曲（即使大部分的你們本來就會了），找遍所有雙鋼琴及四手聯彈的作品，目的就是爲了能兩人協力完成一件事，因此什麼冷門的四手聯彈雙鋼琴曲目，像是萊恩博格、蕭士塔高維奇、藍乃克、莫茲可夫斯基，拉赫曼尼諾夫的兩闕組曲更是不用說，那已經成爲你們的祕密語，你們總認爲對方在腦海中勾勒的圖像和自己一樣。考協奏曲時，你們是對方的管絃樂鋼琴縮譜伴奏，指導教授甚至認爲，你們的搭配，色彩的變換幾乎超越管絃樂團了，常常嘖嘖稱奇這是如何做到的。一般的音樂遊戲用盡之後，你們還開始管起音樂家的閒事了，開始對於某些算是禁忌跨出了界線，有次聽完音樂會後，你問他說，拉赫曼尼諾夫的第二號交響曲旋律很美，但好像少了東西，聽起來怪不痛快，他回說的確，兩人低頭不語幾秒，卻又幾乎同時抬起頭說：「鋼琴！」對啊，怪不得聽起來像是炒飯沒灑鹽蛋糕沒加糖，於是兩人便開始這項工程，把第二號交響曲加上鋼琴的部分，兩人忙了五個月，大小事都不顧了，天天膩在一起想那個缺少的聲部和線條，想到從俄國逃出來專門教俄國曲目一絲不苟據說是拉赫曼尼諾夫再傳弟子的教授伊格爾．捷尼索夫一定會不高興他們這檔子事（他連學生自己想要多加點的詮釋都冷眼以對，更何況是此種大逆不道的行爲，但或許也因爲此，才能保留住純正俄國鋼琴學派的精髓吧，妳想），於是工程總是在晚上大家都離去時進行，沒想到最後完成時，妳彈管絃縮譜、他彈新添的鋼琴部分，還是給這位俄國教授聽到了，你們在他嚴峻的斯拉夫眼神下臉紅脖子粗，他卻要你們好好再彈一次給他聽，等你們再從鋼琴前離開時，教授竟用濃厚的斯拉夫腔調，和你們說起小時候的故事，他說自己六歲時，曾經在拉赫曼尼諾夫要到美國前演奏蕭邦給他聽，那時拉赫曼尼諾夫聽完後是怎麼樣高興地擁抱他，因此他便立志要追隨他的腳步，沒想到後來是趁到美國演奏時狼狽滯留的，妻子父母都在俄國，那時他天眞地以爲到美國找到拉赫曼尼諾夫就好了，結果他早就逝世了，現在俄國也回不去，這裡也沒親人，聽到你們的演奏，好像他曾經想投靠的拉赫曼尼諾夫還活著，還在寫曲子，他好高興（雖然臉上線條還是冷峻僵硬），彷彿回到小時候在大師面前演奏的幸福時光，結果不出幾個月他走了，死前他和你們說以後有機會，要帶他的頭髮和指甲回到俄國交給親人，他給了妳一張滿是俄文的地址，葬禮那天，下了場大雨，妳想起外套口袋裡的紙條，拿出來卻已糊成一片，心中比教授的死亡還難過，事情從那天開始就不對勁了。先是妳以爲受了風寒所以骨頭關節作痛，尤其在彈鋼琴時很吃不消，所以婉拒了一些國際性的音樂比賽，子強怎麼問妳妳也不說，他覺得妳練習時間變少，他自己一人沒有樂趣，妳只裝作好心地說有了她你還要混嗎？等著抱亞軍吧！子強被妳一激倒也自己收拾行李走人，到日本參加比賽，順便返回馬來西亞探親，妳強忍著沒和他說，其實那時楊博士已經在追求妳了，然而這一不說，也只有晚到好幾年後才有機會。

三・他，子強的明信片和信

親愛的玲兒：

好不容易找到一張表參道銀杏的明信片，現在那裡都沒有樹葉了，不能寄給妳，天氣太冷。來東京三天，已經晉級了。大約再待三天妳就可以接到我高興或是不高興的訊息了。來的第一天經過一間咖啡店門口，聽到舒伯特的四手聯彈大輪旋曲，心中突然好暖和，這首曲子，就因爲是幸福的無限綿長，所以才要一直重複旋律吧。空間不夠了，我換下張寫給妳，我的字老是太大。

子強

親愛的玲兒：

我的字縮小了喔，我的巴哈指定曲，d小調法國組曲，我蠻滿意的，整體的層次配上NHK的音樂廳，我在台上聽起來都很舒服，不知道評審怎麼想，至於史克里亞賓的練習曲，我想照著伊格爾說的方式彈就沒錯了，反正晉級了，雖然我對這種詮釋方式實在沒有太大的好感。爲什麼妳不來比賽呢？這次的評審有好多大牌鋼琴家呢，妳知道的，有席夫、顧爾達、安川加壽子、佩卓夫，還有堅尼斯，就算看到他們也是很高興的事啊。我得多花點時間揣摩決賽的曲目，很奇怪，是法國的……空間又沒了，等等我喔。

子強

親愛的玲兒：

法國的通常要選就選德布西拉威爾，我來之前就和妳說是法朗克的那首，會彈是會彈，但我就是很難把這首作品彈得有趣點，他作品中的宗教氣氛實在有點濃，不是很好掌控，我會盡我所能的。好希望此時妳能和我一起討論這首作品的詮釋方法，妳常常有很不同的一套，來這裡前本來想好好和妳討論，但是妳最近總是有點匆忙，爲什麼，妳有心事嗎？那個學工程的楊先生，還有來琴房聽妳彈琴嗎？妳乾脆教他彈算了，否則一個人面對四手聯彈的譜，多寂寞啊。好我不多說了，再和妳寫信。妳保重。

子強

親愛的玲兒：

一波三折，終於回到北海了（就在檳城旁邊），我會待在家裡一個月，已經快兩年沒回來了，有好多東西都起了變化，這裡一座檳威大橋正在蓋，以後到檳城就可以搭車而不用坐渡輪了。如果妳想寫信給我，可以試著寄一兩封到這個地址，大約兩週吧，所以如果妳沒有馬上寄，妳就等我回去時當面交給我吧，就當我不在妳眼前。比賽，我只得了第四名，消息應該早已傳回學校了，說了妳別不高興，每次在彈奏時，我眼前常常會浮現妳的影像，或許是矇矓的，但我很確信妳就在那裡，可當我在決賽時，妳不見了，我也不知道爲什麼，沒有怪妳的意思，總之我很慌，心情沒有那麼穩定。

上面那行字，我寫得很慢，很慢，我猶豫要不要和妳如此說，但是，這是眞的。我會覺得，我被妳附身，我的手其實是妳在彈，是妳的詮釋。

或許我感覺到的就是妳感覺到的，或許我們都錯了。又或，只是我一個人在幻想。我現在頭腦突然變得很不靈光，妳看到這裡時，如果妳知道我在說什麼，請立刻打電話給我好嗎？我等不及回信了，我可以付費，拜託。我什麼都不敢說，我眞是懦弱。

我承認我眞的很挫折，但是讓我挫折的不只是比賽本身，而是妳，沒妳的陪伴，這趟比賽之行，我早就預料到結果，妳不想來的原因，和那個人有關嗎，我不願這麼想。雖然我出發時以爲我會很堅強，畢竟如果我們之間有什麼，應該在美國時就會發生了吧。我沒有責怪妳的意思，這是我的問題。

妳看看，我願意寫上面那些字，卻還寫不出來那些關鍵字。寫出來，或許我們用音樂構築的世界，就會從此消失音準了。是嗎？妳能忍受音不準的鋼琴嗎？我家裡的那台二十年老鋼琴，從我出國後，一直沒調音過，今天回到家才彈一個音，我就跳到牆角不願再碰它了，但如果妳告訴我這台琴的音是準的，我願意在上面演奏蕭邦的華麗大波蘭舞曲。

於是我開始寫信給妳。

現在我對於單人的曲目都覺得索然無味，就算演奏也想儘早結束。家鄉的人要爲我辦一場音樂會，我沒辦法拒絕，當然也不可能拒絕，爲了練習，我得好好幫鋼琴調音了。我希望自己的耳朵還堪用，這裡沒有調音器，一切只能憑絕對音感和工具。

馬來西亞還是和以前一樣熱，我的汗使衣服沒乾過。現在學校還好嗎？妳一個人在路上要小心，要好好照顧自己。

我留下三個空格，□□□，或許妳知道該怎麼塡，我已經無法直視這三個散發光芒，卻又燃燒地獄火焰的空格了。

子強

四．他，楊博士

楊博士是在台灣旅美同學會中認識的。這裡是名校，不乏同鄉，這種聚會雖然難得，但也沒讓妳激動到見到同鄉時會涕淚縱橫，相反地，妳不過是來這邊吃點免費的餐點好打發一餐，既然是台灣的同學會，也沒帶子強來這裡的意思，他有他自己的社團，那邊的人會好好照顧他。

妳和楊博士第一次的見面，彼此都只對對方留下模糊的影像，如同他後來對子強的印象永遠是蒙著一層背面打光的紗布。連打哈哈式的握手寒暄都不只如此。

楊博士老是說，他是在某天中午出實驗室覓食時，在校園中的露天音樂會注意到妳的。他當然不知道另一台鋼琴上的男人是子強，之後在他的記憶中也不會記下子強當時的身影。他說，看著妳在樹影搖曳的陽光下演奏的姿態，還有演奏的空檔撥回因爲戶外的微風輕拂而自動翻頁的譜的略微慌張的神情，那幾個空掉的音符，好像在尋求什麼人塡滿似的，他一輩子音感沒那麼好過，以一個門外漢，他可以辨識出演奏的瑕疵，他腦袋中嗡嗡作響，覺得耳朵不知道被什麼吹開了，當下，夾雜著一個念頭：來陣風，把整份譜都吹掉吧，把那些音都空下吧。另外有個內在的聲音和他說：這個人，就是你妻子。

他在不知不覺中坐到了第一排的位置，演奏完畢，也只有他愣頭愣腦地在一片鼓掌聲中不動如山，引起了妳的注意。是妳主動和他說話的，他則不知道用什麼言語稱讚妳比較好，他腦中只有程式語言（或許是「妳眞是個完美的C＋＋啊～」之類的）。他也想到，或許妳對於言詞的稱讚已經不那麼在乎了（他猜對了，妳的確如此），他只好支支吾吾描述今天提早吃午餐因爲下午臨時要 meeting，接著又因爲原本走的那條路封起來在修所以才繞到湖旁邊的這條路，結果好巧因爲時間沒有很趕所以聽到音樂聲就來看動靜，唉呀台上那個人不正是同鄉嗎所以就坐下來了，慘了再不去買午餐就來不及了……

「聽完怎麼不拍手啊？我彈得不好嗎？」妳問他。

「呃……是這樣的，聽完要拍手喔……」他於是補給妳，在演奏完後只剩鳥鳴的湖畔彷彿老人的乾咳。

「你眞是沒禮貌。」妳說，但是微笑著。

他臉紅地不知如何是好，他接著說，聽完妳的演奏後，根本就沒辦法聽進別的聲音了，他的身邊彷彿眞空狀態，別人鼓動空氣傳來的聲波根本無法震動他的耳膜。

妳和顏地對他說，鼓掌也是演奏的一部分，音樂是台上的人給台下的聲音，掌聲是台下的人給台上的，兩方要聽的聲音不同，而且鼓掌也是有分別的，像是剛才你間隔那麼長又那麼響的鼓掌（妳說這個？他又拍了幾下），會在鼓掌聲中特別明顯，假若在大家結束後還沒停止，就是某種令人尷尬的喝倒彩了，知道嗎？

另外，不是每首曲子結束後演奏者都希望聽到掌聲的，有的時候，希望聽到的是寧靜，這個比較高段，我以後再教你。

妳也記得這次邂逅，但是不認爲這對後來的交往有什麼決定性的作用。楊博士當然也沒有去音樂系找過妳，直到妳發現身體狀況好像不大對。在同鄉會打聽後，知道楊博士認識幾個不錯的醫師，於是便開始頻繁和他往來，奇怪的是，他在愈知道妳的病情後，便愈發常來音樂系找妳了。

子強是害羞的，遇到有人來找妳，就會閃開，楊博士是個神經大條的人，尤其對男人，只要衣服穿不一樣，他根本就不會記得對方是誰，因此他老是覺得妳每次都換人練合奏，妳從來不在他面前提子強。

這是妳和楊博士的祕密，妳不願讓子強知道，楊博士有在醫學院唸書的朋友，妳請他引薦詢問病情，他們都說可能是運動過度，所以泡熱水看看，不舒服再到醫院去。然而楊博士卻因此和妳更近了。

然而妳愈來愈不能和子強一齊練琴了，練多了，妳的痛楚也到了臨界，所以總是臉色蒼白地走人。

在子強離開的那一個半月中，妳一度痛暈在琴房，是被楊博士送急診到醫院的，經過抽血檢查，才確定，是類風濕性關節炎，好不了的。

這提供了楊博士照顧妳的藉口，妳卻在此時陸續接到了子強的明信片和信。楊博士總在妳最虛弱時和妳透露想娶妳的訊息，妳躲都躲不掉，而妳還必須面對學位可能修習不完的問題，那妳就得把公費還給國家了。妳想到自己家庭並不富裕，起初只能靠鄰人的鋼琴練習，最後家人看妳有天分說什麼脫褲也要買一台二手琴給妳，那台琴按鍵常常不會彈起，一首曲子彈下來像是一個露齒微笑卻缺牙的美女。然而請老師上課的費用還是無法省下，正慶幸妳得到了公費，結果竟要還錢，妳想都不敢這樣想。

病情惡化得很快，如水庫決堤。

妳常常覺得莫名奇妙，楊博士娶妳一個殘疾之人幹嘛，妳搞不好根本不能生小孩了，妳常又痛又怒地質問他，他說自己就是喜歡照顧人，因爲疾病，使妳更加具有吸引力。

妳頭皮發麻地想到之前和子強到博物館看到的蝴蝶標本以及木乃伊。

妳希望子強馬上回來賞他一拳，但會這樣做，就不是妳心中的他了。

事情的決定點是，那時妳月事來潮，在沒有女伴可幫忙的情況下，自尊掃地含淚拜託楊博士幫妳換衛生棉。

從此妳沉默了。妳忍著疼痛，寫信給子強。

五．妳的信（斷簡）

親愛的子強：

你的信，我都收到了。我想大家會和你說，參加比賽，比得到名次更重要，但是對我而言，你沒得到名次，就什麼都不是了，你還怪到我頭上，什麼都不是，別怪我

親愛的子強：

我眞的很想和你一同去日本，順便到你北海的家看看，我想看漫天蔽日的雨林，我想吃南洋的水果，吃到如你所說，蒼蠅飛到上面都懶得理的地步，聞到它們在泥地上腐爛，發出甜酸的氣味，你說你在那裡不常哭泣的原因，就是因爲水分都要留給汗水，不能浪費在眼睛裡了，你說在那裡你穿好衣服要出門就渾身濕透必須再換一件，換下的衣服，能留給我嗎，留給我

子強：

我們應該什麼話都可以說對不對，還是要透過琴鍵，透過音樂呢？我現在希望你的背景音樂是舒曼的幽靈變奏曲，拜託，我要說的話全在裡面了，你可以感覺到嗎？你別怪我，拜託，你別怪我，拜託

子強：

你知道我有多恨你，在這個節骨眼去日本，只爲了獎盃，雖然我也希望你去，但我眞的後悔了，我不該將事情隱藏，也不該在你離去時對你展開堅強的笑容，你有發現我的笑容很勉強嗎？我希望在我喊叫時出現的是你不是他，你知道他是誰嗎？你根本沒注意吧，你根本就不知道有他的存在吧，你篤定我是你的吧，這就是你的教訓，我犧牲自己成就你的教訓，我或許是你的第二個第三個，你怎麼都無法學會，這該如何教導你？我告訴你這些，應該讓你丈二金剛摸不著頭腦吧，和你老實說，我眞的不想這麼殘忍，我爲什麼不敢和你說啊，我又不是你的誰對不對，和你說吧，結果就是這樣，你負擔不起我的，他可以，我和你都是窮出生的，能學習鋼琴又有出國機會，已經是上天眷顧，我們錯失了許多機會，錯失了太多，和你老實說，我現在，我現在，我現在，你需要看得懂嗎？你

子強，你告訴我要如何稱呼你好了：

我們沒有確定過任何關係，所以我們之間很公平吧，既然你要我自己填那三個空格，我可以填什麼，你我心裡有數，但我也可以胡亂填，填，像是，天氣好、下雪了、你很壞、你無恥、我犯賤、我命薄、我恨你，我可以填以上任何三個字，但我就是不會填下那你最想要的三個字，好吧，我也可以填，可是填了又如何，你對於接到我的信無端遭到羞辱是不是很開心？

你最好很開心，因爲你擺脫了一個累贅，你或許連那個累贅的原因都完全沒聽過，你聽過類風濕性關節炎嗎？你在南洋無憂無慮的島國上，放著我一人在冰冷的雪地裡，你輸了一時又如何，我輸了一輩子，輸了一輩子你瞭解嗎？我可以在這裡寫一萬遍……

子強：

不要再調音了，已經沒有任何音準可言了，音準對我來說也沒用了，空有一雙會發怒的耳朵又如何，我在你離開時，開始預錄一些四手聯彈和雙鋼琴曲中，你彈的那部分，一開始本來是怕無聊，可以邊放錄音帶，邊彈自己的聲部，後來我才慢慢發現，這些已經是我雙手的遺作了，於是加快腳步，到最後連我的聲部都錄了進去，我想，可以把這些當成給你的禮物，從此你想彈高音部低音部，第一部鋼琴或第二部鋼琴還有協奏曲鋼琴部或管弦樂縮譜，都隨便了，你不用再和我搶了，你也不論任何時間，都能找到琴搭子了，剛好，我能錄的最後曲子就是你在東京聽到的舒伯特大旋曲，好長好長，我那時眞怕無法撐到最後而不彈錯任何一個音，只要彈錯，那個錯誤就永遠保存下去了，每當你放進錄音帶彈這首曲子，就要重聽我的錯誤，又無可奈何，但我現在好希望自己當時沒有錄得那麼完美，我想讓你記住我所有的錯誤，就如同我記著你的錯誤，這樣我們才有理由向對方生氣，然後安於現狀，我已經忘記這是我寫給你的第幾封信了，希望不要寫到最後又得重寫了，對了，我竟然沒頭沒腦地和你說一大堆，大概那些該講的我都以爲和你講過了吧，其實你也不需要再知道任何關於我的消息了，我還需要再安慰你得獎不重要，重要的是過程嗎？那我反問你，我可以和你說，有沒有結果不重要，重要的是過程嗎？你可以接受這樣的答案嗎？我想不行吧。那天錄舒伯特的曲子時，我好痛，我現在也好痛，我眞能寫完這封信嗎？我覺得自己和舒曼作最後一首幽靈變奏曲的感覺好像，從此，走不出去了，你需要我說明白嗎，讓你自己揣摩好了，我可以向你保證，你回到系上時，就看不到我了，我已經和 Haus 教授說清楚了，所長也知道我的苦衷了，你大可以問他們，Denisov 的遺物我放在 Haus 教授那裡，記得幫他完成遺願，雖然他的地址早就爛了，但你比我有機會去到俄國，Haus 教授有張我留的紙條，如果你看到這封信，那紙條就不需要了，那上面只寫下「不用來找我。玲兒留」幾個中文字，來找我，拜託來找我，拜託

六．他，子強

「不用來找我。玲兒留」這是妳留給他唯一的文字，但是他再也看不到了。

他沒有死，妳不知道他比妳預計晚好久的時間，才又回到美國，妳掙扎之下還是寄給了他喜帖，妳不斷演練著電影上的情節，假如在最後一刻，他衝進了禮堂，妳可以毫不猶豫地，即使渾身劇痛，也要衝向他，就算拖著婚紗在地上爬也要爬過去，妳知道，他會來扶妳的。

時間就在親友的歡顏中度過了，你們的雙親遠從台灣趕來，他的父母雖然不瞭解兒子的選擇，但是兒子的好幾個哥哥早也成家立業，他們也就無所謂了。妳的母親邊流淚邊和楊博士表

達她的感謝，也感謝他能幫妳償還公費的款項，她也考慮打點台灣的一切，來投靠你們，照顧妳，後來她隻身來了，卻被妳送了終，她不知道冬天鏟雪的後果，從此就倒在雪地裡了沒再起來過。

多年之後妳才知道發生了什麼事，原來某個傍晚，子強騎著機車，返家經過巫人的村落時，不小心壓死了一隻雞，全村的人蜂擁而上，把他打個半死，眼睛也被戳瞎了，差點又釀成一波巫華衝突，命去了一半的他，休養一年，才回到了學校，然而學籍早就被註銷了。

Haus 教授和子強說了妳的事，給了他錄音帶以及伊格爾的遺物後，教授無法了解那張紙條上寫些什麼，待找到人唸給他聽後，萬念俱灰下，他也不想繼續求學了，遂靠著在美國同鄉的友人，得到了一份調音師的工作。

再見到他時，妳已變得麻木，鱷魚般的皮膚早已慢慢爬上妳的身體，每天清醒的痛苦不亞於每晚妳想趕快入眠擺脫痛苦。對他頤指氣使的，妳根本懶得把眼皮抬向他。找他來的原因，是因爲丈夫在結婚之初送給自己的生日禮物，一架沒彈過幾次就放在那裡的貝森朵芙鋼琴，需要調音了。那時丈夫爲了得妳歡心，讓妳振奮點精神，他希望妳能用口述的方式，教他彈琴，好說歹說妳終於答應。待撣開琴上的灰塵後，丈夫只隨便按兩三個鍵，妳就大發雷霆了，責怪他沒耳朵沒良心，故意拿這麼糟糕的音準來嚇妳。

被妳的嘶吼碰著一鼻子灰，幾天後丈夫終於在樂器行請來了調音師，結果被妳轟走，嫌他調的音不夠準，在換了好幾個後，妳的脾氣愈來愈大，還嚷著說要我死一刀子來就算了，別這樣折磨我。最後，丈夫找到子強，當然他們早就互無印象了，一路上子強默然無語，丈夫則擔心著陳太太不知道能不能控制得了老婆，又不傷了妳。

妳眼皮一瞥，就直接看著窗外的院子了，並叫陳太太大聲放著音樂，惡毒地想干擾調音師，妳在一片狼藉的樂聲中，聽到他調音時和音樂震盪的不諧和音，想說這傢伙應該調不完吧哈哈，想藉他們報復丈夫對妳的玩弄。妳在心底堅信丈夫想要學琴的點子就是爲了嘲笑妳。

唱片播放到幽靈變奏曲時，突然，妳發現音響的聲音變大了，蓋過了調音的聲音，一下還無法意會發生什麼事了，後來妳發現曲子變慢時有回音，才了解到，原來調音師正跟著彈呢，妳轉頭喝斥，才發現，有個垮掉的輪廓，在眼前逐漸成形，音樂進行時妳瞇起眼端詳著，調音師的汗水把白色格子襯衫染成半透明的，妳可以看到汗珠從他鬢角白色的髮絲上滑落，他額頭的皺紋浮著一層晶亮的水光，但是他的皮膚，已經不若以往黝黑，而且失去了光澤。音樂結束，他說，抱歉，聽到以前常彈奏的曲子，所以就跟著彈了。先生太太，鋼琴已經調好了。

妳羞赧起來，自己的聲音，已不復被他辨識了。他的眼眶周圍是紫青色的，透露曾經發生什麼事。妳要了他的名片，看到名字，覺得快喘不過氣了。

妳要陳太太準備一杯「摻」給調音師，她不懂，妳不耐煩地說，咖啡加茶。

丈夫鬆了一口氣，和他愉快地寒暄著，送他回樂器行的途中，丈夫聊起了妳的往事，他微笑點頭聽著，唇齒間殘留著摻的味道。

妳不想再檢查音準了，他的音準在哪，妳的音準就在哪。

妳安靜了一個禮拜，準備好許多該面對他的心情，打電話到樂器行，結果告訴妳他這幾天生病在家休養。

妳又等了一週，樂器行說他去外地受訓。

下週，換妳發病，到醫院住了好幾天，繃帶纏著像個木乃伊。

妳快放棄時某天早上，門鈴響了，陳太太應門，妳聽見一陣廣東話，陳太太的音量由高變低，接著屋外的汽車熄火了，妳的心揪了一下。

子強被一個年輕的陌生人扶進了客廳，子強禮貌地問說：「很抱歉打擾，請問您是黃維玲小姐嗎？」

一絲抗拒的念頭閃過心底，妳怔著沒說話，他接著說：「抱歉，我可能搞錯了，我想和她告別，我要到別的城市去工作了。」

「呃，你旁邊的人是誰？」妳問。

「我兒子。」他轉頭說：「你先到車上等我。」

妳示意陳太太把輪椅推靠近沙發點，就把她支開。

七．她，陳太太

陳太太後來和楊博士轉述，自己在廚房只聽見一些低語，楊太太哭了後，那個瞎子也在哭，但是在他離開時，並沒有看到他的淚痕，大概沒有吧。總之，後來就聽見瞎子彈琴的聲音，楊太太輕聲哼著其他的旋律。離開時，她看到瞎子輕輕撫摸楊太太的皮膚，兩人又哭了起來。

楊博士嘆了一口氣，搭著陳太太親了一下說，心底的石頭總算可以放下了。他的婚姻，是爲了展現自己對陳先生和陳太太的友情和專情，那時他和陳太太的曖昧，似乎被陳先生察覺。出外靠朋友，楊博士在剛到美國時，很多事情都是陳太太夫婦幫忙的，他只好找一個無行爲能力的女人成親，陳先生到死都不曉得，他們唯一的後代，其實是楊博士撒的種。

陳太太不願學普通話的原因也在於此，她不希望和妳多溝通，她怕自己在意識軟弱時突然和妳道出一切，英文是個很好的屏障。

結婚多年，妳其實心裡有數，妳無意間發現，每當和丈夫生氣過後，陳太太的臉色往往不好看，手腳也常變得粗心。雖然不知道實情爲何，但總和丈夫嚷著要換人，他總笑妳老是犯疑心病。妳在病痛的折磨下，也就常無情地責罵他們，妳知道，就算用英文罵得再惡毒，陳太太也只能理解到一個極限。

陳太太的眼淚都流在楊博士的胸膛上了，她不是毒婦，但覺得自己受盡委屈，陳先生對她使盡了用心，遺囑眾所皆知，說，再婚就必須變賣財產捐給慈善團體，楊博士不願在僑界黑掉，當然也不行放棄妻子，更何況他因爲妻子的事在僑界頗受稱譽，只好趁下班時往陳太太家跑，那種時刻，陳太太就會藉故提早走人，讓兩人方便作一對地下鴛鴦。

陳太太十幾年來，看盡了楊博士的變化，楊博士的頂上漸禿，他本來有意戴假髮，那次來找陳太太時，可是讓她驚豔了，整個人彷彿年輕了十歲。但後來陳太太拒絕了，她說，在撫摸他的頭時，摸到了和眞的頭髮不一樣的觸感，覺得很倒胃，她寧願正視他的頭皮，更何況，楊博士的頭形也算圓，她建議他修剪成短髮，會比較帥喔。楊博士的小腹，陳太太也見證了它隆起的過程，常常虧他不知道幾個月了，再不生都要成爲化石了，他皮膚上的斑紋，也像海岸邊退潮時的礁岩，慢慢顯現出來了。還有，楊博士的視力，從近視逐漸變成老花，陳太太當然也無法抗拒這個生理變化，有次離開陳太太家時，還戴成她的老花眼鏡。當然，陳太太也發現，楊博士不如年輕時那麼敏感了。

陳太太擁有妳懶得擁有的楊博士的身體。

每隔幾天，陳太太就會卸下楊博士的衣服，用他的身體複習著楊太太身體的變化，譬如：妳的指頭又有一個關節腫起來了，最近鎖骨的關節也在痛，上次不小心骨折的地方復原得怎樣，又有哪裡的組織硬化了等等……她這天吹著楊博士的耳後，讓他猜著發生何事了，沒料到楊博士竟哭了：「她的耳朵，會不會也就這樣跟著硬化了呢？」

陳太太很不是滋味，第二天早上給妳放的水就很冷，妳咬著牙放在心裡，看著她的眼鏡，總會想起丈夫那天回家時鼻樑上的異狀。

妳也會揶揄丈夫突然改變造型，譬如剃了光頭，他辯稱是辦公室同事說的，妳心底很清楚並不是那麼一回事。

這天，陳太太清楚地告訴楊博士調音師的事，楊博士鬆了一口氣，但陳太太心裡也悶著，覺得自己的付出，不是以物易物的交換品。好像妳沒有洩露自己的感情世界，楊博士心中就有個疙瘩在，無法全心在她身上。

更何況楊博士曾經疾言厲色地威脅她，說，不准在楊太太身上耍花樣，陳太太只好以照顧一塊招牌的感覺照顧妳，讓僑界的人對他們倆都刮目相看：一個義無反顧的丈夫，一個樂於助人的寡婦。正式社交場合中，兩人也從不會同時現身，常常裝作一對陌生人般打招呼。

陳太太認為自己是最偉大的女人了，照顧心上人脾氣古怪的妻子，永遠只能以朋友關係互相稱呼，但日子一久，似乎名分也不是什麼重要的問題了，更何況自己還有妳沒有的、楊博士和她的骨肉。

想當年，她懷孕的時候，妳還帶著欣羨的眼神滿懷眞心地祝福她呢。

她起初還怪楊博士沒事找事做，學彈琴，都年紀一大把了，結果現在竟然陰錯陽差找出了妳的老相好。這是從僑界打探得知的，那個調音師曾和妳在同個音樂研究所，在馬來西亞時發生意外雙眼失明了，後來也結婚有老婆。陳太太和楊博士陳述這件事時，心中難掩得意，手中握有好多把柄，她回想起來，原來自己和調音師的老婆曾經見過，那事實只是她願不願意揭發了。

她第一次感覺到手中握有飽滿的權力，她不會說的，但是她會用這個威脅楊博士，楊博士是好好先生，不希望自己手上脆弱的平衡因此碎裂。

「反正他們也不能怎樣了。」楊博士說。

八・你們

似乎回到了往日時光。

妳早晨起來，會口述幾句變奏，讓陳太太錄在錄音帶裡。有時陳太太會搞錯，把之前用過的錄音帶再重複錄，妳雖然生氣，但腦海中新跑出來的音符就會掩蓋掉那份怒氣。子強是妳的手，每次他來調音，妳便迫不及待地要他放出妳錄製一段時間的變奏和旋律，那些不外乎是某種形式的斷簡殘篇，可是子強總會慢慢地聽著，並且彈奏起來，問妳是不是這樣，是不是那樣，下次再來時，就會帶來一個完整的變奏，你們覺得，共同的生命在形成著，那令舒曼困擾的變奏，似乎也隨著第九個、第十個變奏而舒展愉悅了起來。

那就是你們的孩子。

有時子強會帶來妳當時錄給他的錄音帶播放著，並彈奏剩下的聲部，雖然錄音帶的音質已經開始沙啞模糊，妳自嘲錄音帶和自己一樣都變老了。

妳在他離開後，會看著琴鍵上的汗水慢慢乾涸，形成一個個水印子。

妳也不在意此時陳太太是否會早走了，還很希望她趕快走。有時子強會推著妳的輪椅作妳的雙腿，妳會當他的雙眼，一起緩慢移動到附近的森林公園漫步，森林的深處有座湖，你們常在那佇足良久。

剛開始，妳有點惱怒他背叛了妳的肉體，竟然結婚生子，後來他和妳說，蕭邦認爲只有鋼琴才能表達純粹的浪漫性，他的解讀是，因爲鋼琴的聲音轉瞬即逝，許多自然界中最美好的東西都無法永久，譬如做愛。

而且，做愛讓他清楚地辨識到，他和對方的感覺到底是什麼，他很清楚地感受到，妻子只是貪圖移民上的方便，陰錯陽差地嫁給他，妻子能賦予他的情感，最強烈的，就只是同情和可憐。生小孩對他來說，只是讓家鄉的父母有個交代罷了。

「或許我們彼此都不需要試探到那個程度吧。」子強說，音樂就十分足夠了，那是我們的密語，沒有人能懂的。

妳把丈夫拋在腦後，每次到湖畔時，心裡總企盼著，哪天能儲存好足夠的勇氣，指引著子強，直接失足推入湖中，演奏出一場無法複製的意外二重奏。

每次都無功而返，在可以決定的那一刻，妳猶豫不是爲了別的，子強往往在推著妳的輪椅到湖畔後大汗淋漓，妳不想讓湖水稀釋了他因妳製造出的汁液，如果可以，妳希望收集整湖他的汗水，在裡面溺斃。

或許到冬天吧，可以讓他一直將輪椅推到薄冰上，一瞬間，兩人都沉入冰冷的湖底。

還有別忘了最直接的，推到馬路上，一翻兩瞪眼，可惜社區裡的車子都太有禮貌了，看到你們散步，總會耐心禮讓。

除了錄製新的變奏曲外，妳持續規劃著兩人的死亡。

不需再復活一次了。妳已經慢慢把妳裝塡到各個箱子相簿斷簡殘篇和錄音帶中的過往，重新裝塡回身體裡了，下次死亡，就是眞正一次性的毀滅，只有永恆，沒有來生。

但妳也狡猾地想著，哪天眞的這樣做，妳相信丈夫和陳太太，都會眞心誠意爲妳鼓掌的。

盜墓者

那兒的人們睡在木乃伊中，不能醒來探視他們的兄弟，看不見他們的父母，他們的心忘卻了妻子、兒女。死亡，它的名字是「來吧！」

——〈埃及托勒密王朝．塔英和泰普碑銘〉

據舅舅的說法，那根鑰匙和軟糖一樣，融化了。

那根鑰匙和其他早已經沒有用處而發黃生鏽的舊鑰匙串成一掛，存放在舅舅，也是外公家唯一的男丁那邊。至於爲什麼說成和軟糖一樣，融化了，我只能以間接目睹的角度轉述當時剛好卡在門邊的表姊目睹的畫面：舅舅和舅媽擠在門邊揮汗如雨想要試出到底哪隻鑰匙才對，不時發出「這隻……」「不對……」「再試試……」等急切想開門卻又開不了的短句，我們這些外家的（舅舅的姊妹們及其後代）則聒噪且不耐加無奈地散落在樓梯間，還不時有公寓的住戶上樓下樓，他們的眼神總是不解與疑惑，或許還有些猜疑，大概心想這屋子那麼久沒人住了怎麼突然湧來一票，還進不去？就當此時，舅舅發出小小的、遲疑的歡呼聲，說這把鑰匙應該是了，結果，我們仍然進不去，因爲轉動鑰匙的瞬間，它突然和軟糖一樣融化了。表姊和我說，那聲遲疑其實是有原因的，當鑰匙正要插入鎖孔的時候，有一隊螞蟻不知從何處冒出，整齊且搶先地鑽入鎖孔，後來鑰匙就斷了，螞蟻嗜食糖果，舅舅的形容詞是在那瞬間交疊整合而脫口說出的。

我們後面這大隊人馬則嘆了一大口氣，鑰匙斷了也好，公寓外邊路口即有鎖匠，舅舅遣表哥找來，亮證明後迅速利落，鎖匠嘖嘖嘖說這鑰匙太脆了，多久沒用啦？大家對他行微笑注目禮，他則知趣收錢走人。

一陣陣霉味從房子裡散發出，媽媽趕緊叫大家開窗戶透透氣。「唉，才多久沒來這裡，就已經舊成這樣了。」面對所有家具的平面都蒙上一層灰的房子，眾人都目瞪口呆不知該從何收起。

我坐上了沙發，灰塵在沙發發出「噗」一聲悶響後在表妹把窗簾打開的光線的照射下分明可見，甚至隨著上升的氣流繞圈旋轉，如同被驚擾的時光精靈，舅媽說完「早知道，上次走時把東西都先罩起來了。」後，她隨即詛咒般地打起噴嚏，無法停止。

「哎呀！你們看！」眉頭和鼻頭皺在一起正在捲窗簾的表妹大喊：「你們看！窗簾都裂了。」我們見到一整片龜裂褪色且剝離的窗簾，上面的紋路如久未降雨的大地。身為遮陽的窗簾竟被陽光虐待至此，其若有思想必定很汗顏。窗戶旁的牆壁反覆受潮又被陽光曝曬，導致樹皮般地翹起，我和表姊好奇地小心撕下，整條牆壁皮少說也有一公尺長，留下一段露出紅磚的灰色水泥底，彷彿被撕掉的痂皮，滲血。

我們這些後輩其實是今天的陪襯，主角理應是高我們一輩包括我母親在內的三女一男，這是他們父親遺留下的後事，其餘的表兄弟姊妹則是幫傭的苦力而已。國家要把分配給外公的這間公寓收回，他們約好了時間一起來整理，看有沒有東西還值得留的，剩下的就直接交給清潔公司了。他們知道什麼該收，什麼不該，我們後輩則是以嘗鮮的角度看能否挖到什麼古老的寶藏。

然而這幢房子對我們所有人幾乎都無記憶可言。外公在近退休齡六十五歲前才搬來此，當時外婆早已過世，他的兒女都開始成家，他則在沒幾年後開始生病，從此如巡迴病床般遊走於四個子女家，我們這些孫兒對他的回憶不是在自己家裡就是在阿姨舅舅家，他鮮少回到自己的這間公寓，他巡迴了七年終於展示完日漸破敗的軀體，公寓就此荒廢著，直到國家通知舅舅，他們要收回房子了。

外公過世十年了。

由於這間公寓離我們住的地方很遠，彷彿屬於蠻荒之陲，遂在眾人的記憶中逐漸消散，鮮有提起，即便談到，對於房子的格局和大小也都有了誤差，三房一廳、兩房兩廳、三樓、五樓……各種說法都沒有人想去證實，因爲從我幼年的記憶，那裡就是只有坐一趟長長的計程車才能到得了的地方，任何公共的交通工具都會在轉乘時讓人迷失在途中，先從在盆地北緣的我家穿過整個台北市（台北市，聽到就昏昏欲睡，我曾是一個不睡就暈車的小孩），在計程車中悠悠醒來之後，得穿過一座橋，再經過許多條迷宮般的小巷，抵達時我這藥罐子早已累得不成人形，感覺搭了整整一個上午加下午的車。孩童時期還無法看懂時鐘，對時間的理解特別扭曲，慣以睡和醒作爲時間的分野，如果我在計程車上睡了兩回那我就感到兩個下午就這樣過去了，那種感覺是很大塊很大塊的，不按照後來才學會的方式分割。

這次是我第二次來此地，相隔十幾年，路似乎沒有那麼遙遠了，住在盆地北端的我，每升一級學校，就往南邊移了一些，到了大學已經在離家得花一個多小時才到得了的地方，每日受通勤的訓練倒也不在乎到外公公寓那段路程了，和表哥表姊有說有笑縮短了時間感，分針在錶上還跑不到一圈半。

公寓在一條死巷中，裡面層層疊疊都是汽車，我們不需要猜測樓層，信箱最多廣告信的便是，裡面塞滿各色紙張，舅舅要妹妹和表妹把信箱清空帶上樓整理。打開信箱門女生都尖叫了，一窩死老鼠，每隻約小指大，都已經發褐乾燥了，連腐爛的味道都沒有了，或許是被鼠媽媽棄養的，牠們各自保留了死前最後的掙扎模樣，小小乾裂的嘴巴半開半闔，彷彿仍希望吸取到母鼠的乳汁。「牠們還沒斷奶吧！」表哥說，「你怎麼知道？」妹妹問，「如果斷奶了，牠們至少可以先解決自己的兄弟姊妹啊。」舅舅結束了這話題，要她們關上信箱門，等下再處理。

「啊，這是文徵明的字耶！」表姊對著牆上一幅墨底泥金寫就的捲軸發出了驚嘆：「金鋼經楷書，這是眞跡還是仿的啊？」捲軸的裱褙都發潮，上面有黃色彎彎曲曲的水痕，字像是貼在一幅褪色的山水畫上面。

「誰知道？哈啾！」舅媽仍然打著噴嚏：「妳想要就拿走吧。哈啾！」

客廳的餐桌旁掛著一幅拓印蘇州城外寒山寺的〈楓橋夜泊〉碑文，桌上還留有上一次有人來時用過的瓷盤，上面寫著「中國國民黨ＸＸ縣黨部敬贈」，一旁調味的透明塑膠醬油罐已經乾涸，在塑膠內緣結上一層半透明的硬塊，兩個玻璃杯，所有餐桌上的物品都霧霧髒髒的，一層灰覆蓋。我把餐具拿去洗，廚房的串珠子門簾「刷刷」響，水龍頭打開，噗呼噗呼老年人的氣管般流了一池黃水，一會兒才見清澈。

表哥咕噥著進廚房，「我找總開關。」他東找找西找找，才在牆壁上掛著的一條圍裙後面找著。「外公又不會煮菜要圍裙幹嘛？」他打開鐵閘門，把電源打開。遠處的房間傳來一陣歡呼。

「啊哈！這裡有個抽屜都是照片耶！」這裡其實只有兩個房間，二阿姨進入了沒有床鋪的那一間，裡面有兩大落書櫃和一張桌子，她高興地探出頭和我們宣佈。「啊啊，還有以前的成績單，猜猜是誰的？」

「哈我要看……」我們這些後輩聽到照片和成績單就像中猴般喜孜孜湧到房間裡。那些時候的黑白照片都鑲在有花紋白邊的硬紙板上，一張就很厚，所以看起來比現在的照片有分量多了，或因當時照片實在很難得，所以每張照片中的人都穿得很正式，表情都很僵硬，不知道被攝影師調了多久的笑容和姿勢。大家都忙著指認自己的爸爸媽媽。「哈哈好呆喔，爸爸小時候和表弟很像。」表姊看著舅舅的照片指著我。我不甘示弱，看到一張比較近期的彩色照片，是表姊出世時的裸照，因爲背後寫著她的名字，她是外公第一個孫子。「哈哈看不出來現在奶有C罩杯唷。」我被白了一眼。成績單則是手寫的，有被當掉的科目，上面寫著母親的名字。我噗嗤笑出來。

「笑什麼？大學成績好不好和我現在有什麼關係？」的確，母親一直都是爸爸的內務大臣，這和有沒有上過大學沒關係。「唉，沒看到這個，我都忘了自己上過大學了。」媽媽把那張紙搶過去，放到一旁的紙袋裡。

桌上有一本很早很早以前出版，類似「寰宇蒐奇」的硬皮書，被攤在一頁，我瞄了一下，正好停在介紹木乃伊的地方，是彩色的呢，在當時想必是很貴的書。可惜以現在的標準來看，這些套色的粒子也略嫌粗糙，許多照片像是被過度曝光般刷得白白的。

古埃及人相信，每個生命是由肉身、「拔」和「卡」所組成。肉身是物質的，「拔」的意義很接近「個性」，是非物質的。肉身和「拔」是每個人所獨有的。「卡」可以解釋為「生命力」，是所有人共有的。「卡」在人出世的時候進入肉身，「卡」和「拔」在死亡的時候離開人體。「卡」進入另一個世界，「拔」留在肉身左右。「卡」、「拔」和肉身在死後的世界再度結合的時候，死者就復活而得到「永生」。在古埃及幾千年的歷史上，所有的喪葬儀式和用品，都是爲了這個目的。

我讀著書上對埃及木乃伊的敘述，旁邊還有一嘴巴半張的法老王相片，他如果有知，一定很不願意從亞麻布中被赤裸裸的展示吧。他們妄想保存自己的肉身和形象，發明了繁複的死亡儀式以及所有關於重生的神話，卻不知道忙了半天卻讓一張相片把他卸去亞麻布的死亡樣貌赤裸裸展現在世人前，並且廣為流傳。

旁邊的表哥妹妹等人還在從挖掘出來的老照片中發出驚嘆，大阿姨則在另一個房間翻箱倒櫃，裡面有許多外婆留下來的衣服，甚至有嫁衣，幾件老式的大衣還散發著濃濃的樟腦味。「啊這不是媽為了堂姊的婚宴訂做的嗎？」大阿姨拿出一件綠色繡有鴛鴦的旗袍，拿在身上比畫了一番，「是啊，媽說，以後每個人結婚都要穿這件赴宴，誰知道連哥哥的婚禮都參加不到？」母親囁嚅地說，她排行最小，和母親相處的時間最短，「唉，在我的記憶中，她死的時間已經比活的時間長囉！」母親曾和我這樣說過。大阿姨彷彿沒有聽見媽媽說的，逕自拿旗袍往自己身上套，「這旗袍是有被改過啊？我記得我曾經穿過，穿得下啊。」「那是妳變肥了。」媽媽沒好氣地回。她們要表哥把一個行李箱從衣櫃上卸下，打開，裡面滿滿的綢緞，「這是媽媽要給我們做嫁衣的布料啊，爸都不知道。」大阿姨拿起最上層的抖開看，看似完好的布料，竟然碎成片片，脆掉了，「浪費了……」她說。

這兩個房間是對門的，中間是廁所，當我作為第一個終於忍不住尿意而打開廁所的門的人時，我吃了一驚。廁所上面的甘蔗板掉下來好幾片，露出鏽蝕發紅的鐵架，其中有一片直直插入馬桶中，一隻死蟑螂仰天僵在一旁。我正要求援時外邊響起了舅舅的歌聲，「天上飄著些微雲，地上吹著些微風。啊！微風吹動了我頭髮，教我如何不想她？……」我憋著尿，出去看看，原來舅舅發現了一本古代的歌謠集，紙張和裝訂的書脊都脆了，裡面全是鉛字排版，樂譜還是手抄的，房間裡傳來其他阿姨相應和的歌聲和舅媽間雜「哈啾哈啾」的半唸半唱，我輕聲呼喚，有點向長輩撒嬌地說，誰可以幫我弄廁所啊？

沒人理。

我只好自己把那些散落的板子拿開，馬桶的水乾了，我把塑膠坐墊掀起，它就被我卸下來了。我瞥見一旁的垃圾桶有衛生棉。上完廁所，我回廚房清理，把碗盤清乾淨，可以帶回家用。剛才蒙上一層灰的杯子還在水槽邊，我沖了水，灰塵很輕易地被洗掉了，當我洗第二個杯子時，杯緣浮現一個淡色的口紅印。納悶，媽媽他們都是不施脂粉的女人，怎麼會有人留下這樣一個印子呢？

「教我如何不想她？……」眾人還若有似無地唱，大概上癮了。

「唷，爸爸留了不少她的照片嘛。」二阿姨叫道。「誰啊誰啊？」大家又衝到那間書房。「這要怎麼處理？」「對我們沒有意義啊！」「她還活著吧？」「要不要還給她？」「誰有聯絡方法？」「她結婚了沒？」我還沒走到，就聽見阿姨媽媽舅舅們的七嘴八舌，表哥走出房門和我說，好像是外公的情婦。「我要看我要看！」我興奮地衝進了人牆，桌上散落了一疊杏眼圓臉的女子彩色照片，還看得出刻意畫上的眼線和腮紅及口紅，雖然這個妝以現在的角度看實在老氣，但在當時應該是很時髦的。幾張照片不同的角度讓我再把她看仔細點，發現她豐滿的雙頰其實有點下垂，而脖子上的紋路也無法用粉遮蓋住，略顯老態，大概是個將近四十的女人了。

她是誰，我問身後一排長輩。

「你外公的祕書啊，反正在公家機關，只要有點地位，就會有女人投懷送抱啦！」大阿姨說。「這個蘇阿姨是媽媽死後出現的，我記得好像想和爸結婚吧。」媽媽說。「她人不錯，但是年紀小了點，怪可疑的。」大阿姨接著說：「她好像只比我大一兩歲耶！」「對對對，和自己女兒幾乎同年的人結婚我覺得太不檢點了。我和爸嚴正抗議過啊！」舅舅接話：「我要怎麼叫她媽啊？」「哈啾！是啊，哈啾！」舅媽應著。我暗自覺得好笑，外公想再婚的念頭竟然被自己的兒女阻擋成這樣。

「眞是有夠丟臉的。」二阿姨似乎被回憶激怒了：「他在媽媽的喪禮上就在委託別人找對象了，我們在前面公祭家祭個半死，他這個迴避的未亡人，竟然偷偷把朋友拉到旁邊咕噥，要不是我扶著哭到暈倒的妹妹先到後面休息，還不會偷聽到他們交談的內容咧。」

「什麼啊？」表姊尖叫：「爺爺沒有這麼花吧，好歹他也是奶奶走好久之後才和姓蘇的在一起啊。」

「誰知道媽死前他們那時候有沒有一腿？」媽媽有點怒。

一旁靜靜的表哥突然冒出一句：「如果那時候在一起，還需要委託別人找嗎？」

「別說了。」舅媽上前摀住表哥的嘴。

我盡量抱著興味盎然的心情翻看著散亂的照片，試圖不受這些紛鬧的事情影響，畢竟我和外公外婆除了血緣幾乎完全沒有交集，表哥表姊小時候還受過外公的照顧。看著老照片，我竟覺得蘇阿姨比起外婆，跟外公還比較匹配呢。外公和蘇阿姨的照片大部分是在公園、外邊的餐廳、辦公室拍的，只有一張在室內，是外公和她的合照，兩人的手握在一起。大概拍的人沒有對好焦距，所以在前景的外公和「蘇阿姨」十分慘白，糊成一片，眼睛中還有個水汪汪的白點，倒是背景清清楚楚，「月落烏啼霜滿天……」就是這間屋子的餐廳啊。他們坐在餐桌前，不知道是誰，幫他們照的。背後寫著日期「X年X月X日」和「同月霜在家中合影」八個字。所以她叫「蘇月霜」了。

「他以為我們大了，他要退休就可清閒了，找女人，退休，生病，不是他管我們，是我們管他。」舅舅也抱怨起外公了。「看那個蘇阿姨，有沒有來照顧過他？」

「沒有。」他妹妹們齊聲說。

我還是被他們同仇敵愾的氣氛嚇了一跳，趕緊走到另一房間東摸摸西摸摸，床邊立了一台古老的大同電扇，漆成全綠的，我插上插頭，打開電源，電扇一面發出恐怖的喀嚓聲一面把黏在扇葉和鐵罩上的灰塵吹下，霎時房間像起了霧，連天花板的大燈不知道是電路串聯還是並聯的關係也隨著風扇轉頭的頻率一閃一閃的，整個房間像經歷著一場小型的風暴。

我拔起電源掩鼻逃出，「砰」地關上了門，門縫不緊，一道狹長的三角形微光從縫隙射出，我想起來了。

那天，就在這棟公寓中。

我高興地被媽媽從幼稚園接出來，像個獲得特赦的犯人般威風地從同學中被老師點起，在同學欽羨的眼光中消失。

或許我沒太注意到媽媽的著急，就被帶上計程車，昏昏沉沉繞過大半個台北，到了這棟公寓。

已經有很多人到了，竊竊私語的聲音不絕於耳，我看到表哥表姊想跟他們玩，可是他們眼睛腫腫的，把我拉到旁邊說：「噓，爺爺好像要過世了。他們說，爺爺沒救了，要等他斷氣，小孩不能看……」

到今天我還不明白爲何表姊在告訴我外公身體狀況前先「噓」了一聲，似乎這一切都必須安安靜靜地進行著。在這種沉靜的氣氛中，我的耳朵也拔尖了起來，許多斷斷續續的聲音爬進了我的腦海。

「……中風……《紅樓夢》的賈瑞……哭泣……電話……她走了……醫生……解釋……衣衫不整……丟臉啊……」

我偷偷在外公的房門外張望，房間透出來的光也是一條縫的，裡面人影攢動，我聽到毛巾擰水的聲音。兀自想像著《紅樓夢》和老師之前講過的神話人物紅孩兒之間的關係，以爲，那必定是紅孩兒在自己住的樓房中所作的一場夢了。長大後讀到《紅樓夢》，才知道這是個書名，而賈瑞死亡的情節讓我對先人竟陷入莫名的尷尬。

「說要再給我們一個弟弟或妹妹，誰養啊？」隔壁房間傳來了阿姨高亢的聲音，打斷我拼湊記憶中的斷簡殘篇。我試圖還原那天午後發生的事情，卻冒了一身冷汗，感到了其中的殘忍。怎麼會，讓一個中風的人，在自己家中拖那麼久，還不帶到醫院。

外公終究挺了過去，成了廢人。印象中，中風後，沒有聽過他講半句話，甚至身體發爛生褥瘡都沒有呻吟或哀號，直到家人發現他散發屍體般的氣味而雙眼仍轉動著，床墊流出黑臭的屍水……

不論在舅舅或哪個阿姨家裡，或我家，只要是外公將住的房間，都得加入一種新的擺設：外婆的照片，大大地釘在正對床上的天花板，以及正對床尾的牆壁上，無法行動的外公，被規定只能有這兩種坐和臥的姿勢，我見過母親餵他三餐，總是笑臉吟吟地邊餵邊說著外婆的軼事，外公表情木然，只有嘴巴些微地開閉，小時候的我，竟常常聯想到某個壞媳婦想毒死惡婆婆的故事：她向藥店老闆買了慢性的毒藥，照三餐加在婆婆的飯中，為了不使婆婆起疑，媳婦總是和顏悅色奉茶上飯，婆婆對媳婦的態度終於軟化，最後媳婦竟也喜歡上婆婆而後悔自己下的毒，於是跑到藥店哭訴尋求解藥。我總是不解為什麼會有這種聯想……

（什麼？你給我的其實不是毒藥，是補品？媳婦大驚，悲喜交集。）

（如果母親在飯中加的是補品……！）

外公就在這樣辟邪兼照妖的氛圍中活了七年……

我始終沒有和蘇阿姨見過面。

我默默回去廚房洗盤子，櫥子裡還有一些，有的邊緣黏著蟑螂卵，看起來沒有孵化，外公想必沒回來過這裡了。廚房的窗枱已經被螞蟻蛀到只剩框架了，隨便一戳就成碎屑，白磁磚也掉落了幾塊，裂在地上，灰色的水泥和紅色的磚亦清晰可見，「看樣子，從某段時間後，連蟑螂都不來了。」房子沒有人住，自己也會老掉變形，不是如想像中，就保留了原本的樣貌。想想自己的家住了也十幾年了，從來沒翻修過，都不曾見到這般斑駁的景況，人氣人氣，果然不是說假的。

我把餐盤疊放到餐桌上，杯子上的唇印怎麼也洗不掉。我拿給媽媽看，她說，不要了，又不缺一個杯子。

那天，我們大約整理到傍晚，每個人都搜括了自己想要帶走的東西，我拿了一袋碗盤和沒有沾上口紅印的杯子、那本《寰宇蒐奇》和〈楓橋夜泊〉的拓印捲軸，舅舅拿走了一疊文件和照片，媽媽和阿姨則帶走了幾件有紀念價值的衣服，表哥拿了一些譜，妹妹拿了幾張老式唱盤和播放機（她說這是難得一見的古董），表姊拿走了那個文徵明的捲軸和幾本絕版小說，「看，這裡還有整個呈現九十度旋轉的錯排字喔！」表姊興奮地指給我看，舅媽除了「哈啾」之外什麼也沒拿。「那麼，我們就回去吧，下週我約了清潔公司把剩下的東西全部丟掉。」舅舅宣佈。

臨走前我踅了一圈，臥房中是散落在床上、地上的泛黃衣物，書房的桌上，孤零零躺著蘇阿姨的照片，我翻弄了一下，見那張合照只剩下蘇阿姨的那一半，和兩個握在一起的手，客廳除了沙發和茶几，就剩一些舊報紙了，廚房和廁所都是一副多年沒被使用很沮喪的模樣，我把那只沾了口紅的杯子放上餐桌，過水的紅唇印竟然鮮豔欲滴，似乎誘惑著人獻上一吻，我趕忙別過頭不再注視。

經過了樓下大門，舅舅似乎想起了那些鼠屍，說：「我會叫清潔公司順便清掉的。」夕陽照在大家的頭髮上，驚覺怎麼大家都早生了華髮，不自主摸了一下頭，滿手灰。

到了巷口，我回頭一望，一棟棟灰色的五層制式建築映入眼簾，我竟分不出外公的公寓是哪一間了。

獼猴桃

你知道哪一天你必須死亡
而死亡也將不意謂任何完成時
你或將輕輕哭了

——陳克華〈那是一個怕黑小孩的黑暗之淚〉

一

妳什麼都看不見。

耳畔是金屬器皿碰撞的匡嚐和護士的交談聲（觥籌交錯，生命和死亡在舔舐消毒水、棉花和妳的鮮血，暗中較勁，穿白袍的僕人在替他們斟酒、遞刀叉）。妳的頸部正被拉扯，有皮膚被掀開了，又被闔上。妳不痛。

妳聽見自己的呼吸聲。

兩個年輕男人的聲音，應該是總醫師，這種小刀，妳的主治已經擺明不操了。

（應該讓年輕人有點機會試試。）

窸窸窣窣的交談逐漸緊張，逐漸擴大，妳聽見自己的呼吸聲，也聽見那兩位年輕醫師的。

冷，手術室的冷氣好強，妳的臉被蒙上，裸露的背貼著冰冷的鋼製手術台，妳是具活屍。
（怎麼辦？找不到那條血管，要不要找另一個開口？）
（不是那一條，那一條是通到肺靜脈的。）
口乾，妳聽到心跳，無法克制的緊張。清醒是最嚴重的疾病。
（這不過是一個小手術罷了，妳放心，不會有問題的。）
主治醫師告訴不安的妳，裝人工血管，是比割除乳房還要小的手術，乳房割掉了，這個不可能熬不過。可是，當時妳只是睡了一覺，醒來還希望第二天能去上班。妳的體力很快恢復，開刀當晚就能自己如廁。那段切割的時間被強迫遺忘，前後的時間被麻醉藥緊緊黏在一起。妳只知道，左乳，有，左乳，無。
縫線提醒了妳曾經存在的乳房，以及那孤獨而刺眼的右乳。
但現在，每分每秒都實實在在鍘在妳身上，等待的恐懼被總醫師的交談催化，不敢發出聲音，妳還能從已經喪失知覺的上半身感覺到醫師無助的拉扯及翻攪，畢竟還有一半以上的身軀正驚恐地感受著這無情的開口，他們找不到在教科書上畫得好好又端正的那條血管，如果妳曾經因爲自己被別人稱作特別的人而有任何一絲沾沾自喜，那妳眞的祈求這一刻自己是個完全謙卑又普通的正常人。
（如果找不到那條血管該怎麼辦？）
以爲不用作化療了，因爲醫師告訴妳算發現得早，癌細胞並沒有擴散，在最近的淋巴結中並沒有癌細胞的蹤跡。醫師也在等最後的抗體測試結果。妳和家人鬆了一口氣，以爲疾病已遠離，在要打包從醫院走人的前一晚，醫師臉色凝重地說，妳身上的癌細胞是最容易復發的那種，就算割得早，還是得化療。

關於化療的傳聞，妳在知道得了乳癌後就不斷打聽了，最壞的打算是死亡，妳每天都哭哭啼啼打電話和親友告別，畢竟手術都有風險，妳更不知道要如何對一雙兒女交代，即使他們幾乎成年。妳總以爲可以多照顧他們幾年，但這幾年可能就被疾病硬生生地剝奪了。

他們則很樂觀地認爲，割掉就沒事了，還說妳是他們見過最愛向別人訴苦的病人，長舌的人在下意識中會努力活著，因爲害怕進拔舌地獄。他們很殘忍，他們從沒在妳面前掉過一滴淚。

聽說接受化療的人像行尸走肉，作化療會嘔吐、落髮、沒食慾、過敏，有人甚至因爲化療而死亡，相較之下，接受化療必須植入的人造血管似乎不算什麼。人造血管是爲了化療方便將針頭插入並注射藥品而設計的塑膠腔體，和身體的血管相連，這樣就不用將針頭長時間直接插在血管上，可以避免許多風險，醫師說的。小手術。

上了手術台，才知道恐懼的根源就是清醒。

清醒而盲目，且任人宰割。

流淚但不敢出聲，耳畔淤積成一座沒有波浪的海洋。

（大概半個小時以內就好了。）

推出手術室，在外面等待的妳的丈夫說已經兩小時了，進去一小時後，他已經感到手術似乎不太順利了。到病房，大哭，驚動護理站老小，瘋女人晚上夢見地獄，斷肢殘幹，烈焰和魔鬼，抓住妳的身體撕裂，再撕裂，妳是盤中飧。尖叫醒來，旁邊陪睡的兒子也跟著一起醒，但是入睡仍只有妳一人，拖進地獄。

二

「小鳥不都是在天上飛的嗎？」當我提出這個疑問時，這已是我們在這條路上發現的第五具鳥屍了。我能分辨出來的，有一隻藍鵲、一隻烏鴉，其他應該是雀鳥，體型太小，輪子輾過剛剛好和柏油路貼平，不知道原是血色的羽毛，還是羽毛的血色。

母親病後半年化療結束，我第一次有短暫的空閒，和好友捷到南部走走，這天中午，開車經過一個連柏油路都發著光、叫什麼「寮」的小鎮，在眩目的強光下，我還要閃避地上不時出現的鳥屍。

「鳥也是愛走路的啊，上次我到加拿大玩，在草地上追海鷗，牠們不到最後一刻是不會起飛的，你就在後面看牠搖搖晃晃的屁股，超可愛的。」坐一旁的捷說道。

其實我不用刻意避開那些鳥屍的，反正牠們已經氣絕，但我不忍讓牠們更支離破碎。

那就停車把牠們埋到一旁的田裡啊。否則下一輛車輾過和你輾過有什麼差別？我問自己。

我就是沒種。

安全帶把我左胸卡得有點不舒服，我單手調整安全帶，一隻鸛鳥朝我撲來，我來不及閃躲就撞上去了。緊急煞車，趕忙下去查看。

路上空無一物，我問捷有沒有看到，他說不知道我爲什麼要煞車。

「是鸛鳥啊，那種很大、有長長的嘴，送嬰兒給父母的那種，你眞的沒看到嗎？」

「沒有啊，台灣哪有那種東西啊？」捷說「東西」的語氣很冰冷。

繼續上路。我們在甲仙找了一間旅館，房間面對一座裸露灰泥的山，草木稀疏，像一面老舊的水泥牆。晚上在夜市吃了點山產和芋頭冰後，就到旅店休息了。

或許是安全帶綁太久，我覺得左胸一直悶痛，我沒有和捷說。希望明天換他開後我坐右座，綁安全帶時可以平衡一下。

這趟旅程中，我還蠻不放心母親的，化療結束了，最糟的不是身體狀況，而是心理問題，她總生活在後悔中，現在已經沒有一件事能讓她快樂了。疾病瓦解她的精神，她變得畏縮、悲觀、恐懼。我私下認爲那是頭髮的問題，畢竟對於一個女人而言，缺少頭髮會讓她羞於上街。在她幾乎光裸的頭上還黏有幾根未被藥劑侵蝕的長髮，讓我想到一個遠古時候的人。

旱魃。

黃帝的女兒，禿頭，眼睛長在頭頂上，一扯著僅存的幾根頭髮奔跑尖叫，大地就乾涸無水，生機喪失。她把蚩尤的部將風伯和雨師蒸發了，從此留在地上，不時趕走風和雨。

母親的病也是如此，化療讓她成爲現代的旱魃，把心中對生命充滿的希望蒸發了。當她摘除乳房的那一天，她還急著下床，想準備第二天的工作呢。或許麻藥帶來酒醉的效果，她那天雖然手腳不甚靈活，可是舌頭和嘴巴可動得急，還拚命算可以從保險那裡拿到多少錢貼補家用，住一天院可以賺保險公司多少錢。

後來我才隱隱發現，愧疚和後悔推動著那天所有的樂觀和積極。

化療，是下坡的起點。

植入人造血管就不是好的開始，醫師把她的身體翻來攪去，讓她驚恐萬分。那天，一向視住院爲休息的她，開始恐懼醫院。

家中浴室排水孔常塞滿頭髮。她常眼眶泛黑抱著馬桶乾嘔，刺激骨髓增生白血球的激素讓她全身的骨頭像斷了般發痛。第一次見到她後腦勺的頭髮大規模掉落僅剩慘白的頭皮時，我幾乎不敢面對她的眼神。

雖然她那麼渴望我能用平時對待她的眼神看著她，我卻規避了。平常會靠在她身上撒嬌的我，卻不敢觸碰她了。

（那眞的是我母親嗎？）

（一個人的形體竟然在別人心中能佔那麼大的重量，形體扭曲了，對這個人的認知也毀了。）

（親情竟那麼脆弱？）

（小時候媽媽常說，魔鬼會變成她來拐走小孩，你要記住媽媽手臂彎裡的胎記喔，魔鬼什麼都會模仿，就是沒辦法複製胎記。）

（我不敢翻開母親的手臂。）

我擅於僞裝若無其事。母親眼睛中的光芒卻黯淡了。

她覺得自己已經成爲一具屍體，平時能讓她快樂的事，像上街購物、出外用餐、上菜場、洗照片都成爲種種負擔。戴上一頂漁夫帽遮遮掩掩，買給她的東西都視爲浪費，上以前熟悉的幾家餐廳，她都躲避那些老闆和老闆娘的噓寒問暖，要我們當成回話的擋箭牌。這是一種對生活的拒絕。她最常和我及妹妹說的話就是抱歉，不能再多照顧你們幾年了。我們耳朵都快長繭了。她無法將生病當成一次小意外而珍惜往後的生命，反而把自己的未來拚命擦掉。

我和她說，誰能知道明天會發生什麼事，妳今天看我活蹦亂跳，搞不好明天就掛了，爲什麼妳總是覺得我們的未來多於妳的？我們的生命是站在同樣高度的懸崖邊，沒有誰對不起誰。

後來，我陷入了夢境。

有一隻小猴子被牽了出來，乖順地走到一個鐵架中，一雙手伸過來，拿了一個像枷鎖的東西套在牠頭上，並餵牠一些水果，猴子吃得津津有味。

有人要我上前坐，另一隻小猴子被牽出來，牠似乎很怕生，但是看到另一個相同的鐵架，就自動坐了上去，頭被架好，只剩下半個毛茸茸的頭裸露在上面。

（是那種紅著臉的獼猴，該不會剛泡過溫泉吧？我兀自思考。）

一隻手伸過來，摸了一下，頭上的毛被去掉，像打開什麼玩具似的，猴子的頭被撥開，我有看仔細，那個斷面還是切齊的，光滑到像用砂紙磨過。白裡透紅的猴腦在我眼前閃耀。

我很自動溫馴拿起醬油和蒜頭加進去攪拌，正舀起一瓢白花花像豆腐的腦漿要送入口時，我放在桌下的左手被拉了幾下，我往桌下看去。

那個箍在桌下的頭顱，是母親的。她面無表情，仍一直握著我的手，我無法鬆開。尖叫醒來。

左胸的不適還在。旅館裡潮濕的氣味，捷均勻的呼吸聲，月光把那片灰泥山壁照得粉白。

三

妳的。

後悔。

後悔以爲乳頭流血是自己抓破的。後悔愛吃香腸火腿和熱狗。後悔愛雞皮魚皮。後悔懶得吃水果。後悔常帶小孩在外面胡亂解決晚餐。後悔健康食品總當裝飾。後悔住在空氣品質糟糕的城市。後悔沒有注意水質。後悔開始做實驗就忘了時間。後悔不在乎實驗品的毒性。後悔進入了自以爲喜歡的行業。後悔維持多年和丈夫柏拉圖式的婚姻生活。後悔有兩個同事五個大學同學和一個親戚發病自己沒警覺。後悔少運動。後悔差點半年後再去檢查。後悔有異於常人構造的身體。後悔小孩遺傳了癌症基因。後悔不提早退休。後悔自己一無是處的人生。後悔不知爲何而忙碌的人生。後悔無法樂觀振作。後悔讓丈夫朋友無法忍受的悲觀。後悔讓子女無法安心求學。

……

後悔那些無法改變的後悔。後悔支付來日的後悔。後悔像繩子讓妳每天上吊三十次。後悔像繩子勒斃後妳還是活著。後悔妳活著就如同後悔妳將死。後悔把妳的光頭當成發光的營火手拉著手把歌兒唱。後悔讓妳跌進夢中不斷驚醒。後悔生命總是需要死亡的逼近才會後悔。後悔拿著重大傷病卡的身軀像遊魂。

淚水是每日必須，生人迴避。

拒絕病友會的協助。

恐慌。

像外星人。

像鬼。

剛長出來的頭髮。

像猴子。像嬰兒。

非子宮受孕。

無父無母。

是疾病的後代、癌細胞單性繁殖。

不聽忠告的潘朵拉給人類的厚禮。
不聽忠告的妳。

四

開往藤枝風景遊樂區的路上，我左胸的不適轉化成疼痛，換捷開車，我不想破壞遊興，伸手想找出疼痛的來源，發現左乳按下去會痛，痛覺蠻表面的，順著皮膚呈同心圓消散。我心中憂喜參半，喜的是應該不是心臟問題，所以等下可以爬山健行，憂的是，這痛肯定不是好事，也許洗澡時被蚊蟲咬傷了，自己胡亂抓又發炎了，雖然男生不用哺乳，可是假如那邊爛掉最後被切掉的話，以後要我怎麼游泳啊？

這趟旅程，是我和捷兩人在求學生涯的最後一回，我兵荒馬亂中唸完研究所，他醫科畢業，七月底就要入伍受預官訓，我運氣比較好，八月服完十二天的補充兵役即可退伍，畢竟本人的裸視已接近瞎子的等級，卻讓他嫉妒得要死。

「你忘記在蘭嶼那次的浮潛嗎？你看見珊瑚礁很快樂，我只能給珊瑚礁刮刮樂。你看見小丑魚，我只能咕嚕咕嚕裝嗆水。」每次他酸我都得舉出一些不方便的例子讓他閉嘴。

我和捷是從高中就認識的朋友，每到假期我們都相約旅行，太平山、觀霧、棲蘭、澎湖、蘭嶼……等風景名勝都有我們的足跡。兩人同行不用考慮太多嘴雜的意見，而且說改就改，不用擔心因爲哪裡沒去成而有衝突。
和家人的旅行我卻都意興闌珊，這次過年家人去了澳洲，我藉口趕畢業論文沒去，最後留我一個人在家吃自己當獨居老人。
但我不知道我錯過了也許是最後一次，和全家人旅行的機會。
爸爸媽媽和妹妹抱著無尾熊的照片中，沒有我。
那條隱形的臍帶在鬆動、脫落。
回國後，妹妹帶著媽媽去做檢查，檢查完還戲稱檢查乳房的機器叫做「夾奶器」，聽說有上下兩片，把乳房抬上去就會被緊緊夾住，「那個機器設計的靈感搞不好來自於古代的刑求巫婆的刑具喔！」唸歷史的妹妹眉飛色舞地說。
「那飛機場女人不是很痛苦嗎？要怎麼把胸部擠進去啊？」
「哈哈哈……」
……
那不是刑具，是刑求的前戲，短暫的嬉笑嘲諷後是我們兄妹從不曾想像的結果。
我們如近視浮潛，欲窺視未來，當別人都望見美好景物時，沐浴在歡笑的身軀卻因礁石的碰撞而傷痕累累。
困住了。全家人坐上了一具巨大而沒有出口的摩天輪，上上下下，以爲可以離去卻卡在車廂。進入車廂，九點鐘是親友的同情，十二點鐘方向是醫師搖頭的病情，三點鐘方向是百分之幾外的一線曙光，六點鐘方向，以爲可以遠離這一場繞過天堂和地獄的遊戲，門卻沒開，九點鐘方向，再次駛向親好的同情，和醫師的診斷……

捷硬是把我拉出這無限迴圈，他說生病的人很重要，沒生病的更重要，所以提醒該去旅行了，讓我離開家裡、醫院、學校，去這段日子沒法奢求的地方。我彷彿看到爸爸、媽媽和妹妹臉緊貼在摩天輪車廂呈肉餅狀，嫉妒又羨慕我的離去。

好哥兒們。

走入藤枝的健行步道，隨著胸膛因喘氣的起伏，左乳也愈來愈痛，捷看我臉色不好，還取笑我太久沒到山上走體力差了。我沒心情和他辯，回一個慘笑繼續走。

到了觀景台，遠處的大武山水氣瀰漫，我們坐下來，拿出預藏的水果吃，除了不用剝皮的小蕃茄和無子葡萄外，還有奇異果。

「你要吃哪種顏色的？」他問我。

「隨便。」我拿了黃的，他拿綠的，直接用指甲摳個洞，把皮撥開吃將起來。

「好像在吃猴腦耶。」他說，我想起昨晚的夢，背脊不禁一涼。

「爲什麼這樣說？」我問。

「你不知道這個原產地不在紐西蘭，是在大陸，中國人叫這個『獼猴桃』啊。」他拿起一個新的繼續說：「你看，這毛茸茸又圓圓的，像不像一個猴頭啊？」

「的確。」我還以爲昨晚我說了什麼夢話。

太陽從雲後出來了，灑在附近所有的山頭上。

「你看看你看看！」捷興奮地指向大武山：「你看，彩虹耶！紐西蘭已經培育出綠色和黃色的獼猴桃了，他們的願望是能集滿彩虹的七種顏色喔。」

「眞的嗎？」

「也許過不久，我們就可以吃到彩虹的味道了。」

我突然想到紅色的獼猴桃，剖開，像挖猴腦，胃一陣翻滾。

接著胸口一抽痛。

奇異果落地。

「你到底怎麼了？不舒服要說啊！」捷有點惋惜地撿起那個才吃一半的奇異果。

不是不想說，是難以啓齒。

「今晚再和你說。」

五

因病退休後，時間的腳步在妳面前緩了下來，妳這才發現，身邊好多親友的頭都蒙上一層灰，妳以前都沒注意到。

更年期，過一陣子了。前幾天妳和兒子提到，早知道多生幾個，爸爸要賺錢，現在只有兒子和女兒輪流照顧妳，一個忙些，另一個就得累些，沒選擇的。結果妳兒子說，妳假如多生了，現在恐怕是我們伺候他們，加上妳，我們豈不更累翻？

兒子在妳更年期前最後那段經期不穩的尾巴，的確鼓勵過妳，說林青霞四十六歲生女兒，妳，四十九，算什麼？妳外表的確不顯老，長髮披肩，雖然有白髮，但大部分的頭髮仍然黑亮，皺紋？擦個保養品就沒了，眼睛好，牙齒壯，雖然腦筋已經開始不靈活，但也還沒到癡呆的地步，還希望當個有研究高峰的女科學家。但妳仍搖頭。當時的拒絕隱含著一種冥冥的預視，妳的命將不長，那時懷孕，現在小孩剛要上幼稚園，然後大病，走了。他們得以兄爲父，以姊爲母，視親父爲阿公，這，像話嗎？

以爲外表不顯老，就是年輕，就可以輕忽身體的負荷能力。

視線從得知化驗結果爲惡性腫瘤時開始起霧。禁止通行的號誌牌，在妳的生命道路中放下；化身醫師的交警指示，信化療得永生。

化療讓妳眞正感受到疾病的開始，化療本身就是一種病。

妳的藥師朋友翻遍資料，在外科醫生和腫瘤科醫生中周旋，不斷冒著被醫師輕蔑的風險提醒醫師化療的風險，否則醫師通常負責向前衝，藥下了，病人若死了只消說聲抱歉我盡力了就功德圓滿。

第一次化療，全家如臨大敵，妳是戰場，打了生理食鹽水和止吐藥後，最主要的那針暱稱爲「小紅莓」的藥，才要進入妳身體。

護士視此爲毒水，戴手套口罩高規格處理，要兒子女兒不要碰妳穿的衣服，因爲藥會隨著汗排出。十分鐘後，擦汗，一片紅。上廁所，馬桶裡滿池殷紅。兒子不知是爲了取悅妳還是怎樣，還嚷嚷，妳大姨媽又來了，等下回去再和爸爸生一個。

苦笑。

妳是醫師和癌細胞的大東北，他們在其上進行一場和地主無關的日俄戰爭。後遺症馬上襲來，手腳末梢痲痺，半夜盜汗，疲倦，想吐，抵抗力下降到哪都要戴口罩，白血球數值直降到五百，打刺激骨髓增生白血球的激素，又讓全身骨折般痛。痛，地獄再次成爲妳的夢境，妳被小鬼拷打、烹煮，到處都是烈焰，卻感到無比寒冷，妳等待從燃燒的黑煙頂端降下解救的蜘蛛絲，誰撥開那些瀰漫的煙霧，妳就信仰誰。

所有關於疾病的消息紛紛在親友間傳遞，許久不見的朋友竟也像要見妳最後一面般來拜訪，人多並沒增加妳的慰藉，妳因此更確信了即將來臨的死亡。妳通常戴著漁夫帽會客，像個祕密證人指認自己的疾病，某天一位久不見的國小同學偕其妻子來訪，竟然很失禮地要妳脫帽，他嘻皮笑臉地說，妳是他國小時的夢中情人。

（你哪位啊？我根本不知道啊！）

（我要滿足你的幻想，還是讓你終止幻想？）

妳默默摘帽，頭髮稀如旱魃，蒼白的頭皮毛孔歷歷可見，像乾旱大地上龜裂的紋路。

他安靜下來。

（你冒犯了黃帝的女兒。）

妳已經很久不照鏡子了。

妳的手指和眼眶發黑，像是死亡多時的屍體。

妳懷疑探病者的眞正目的只是爲了讓他們證實自己的生活，是應該滿足的。

妳是負面的例子。是他們心中恐懼疾病的眞實呈現。

化療結束了，妳也挺過來了，當最後一針七萬元的 Herceptin 慢慢流過身體，眞是奢侈了，原來賺錢的意義是換取折磨自己的醫療。

朋友勸妳當醫院義工，別胡思亂想，說化療後的憂鬱很常見，到醫院看看那些比自己更慘的人，心情可能會好些。

（把我當成什麼人了？）

（要我成爲那些我所鄙視的探病者？）

看別人受苦讓自己心情較好，是得幾次癌症都無法抵銷的罪孽。

六

晚上我們到了美濃鎮，吃了客家粄條和野蓮後找到一家便宜又乾淨的民宿，就住了下來。

我們的房間有張很大的紅木古董床，一旁還有一個古董梳妝枱，這些應是主人某位祖先帶來的嫁妝。捷很樂，在那空蕩的抽屜東翻西翻，我坐在床上卻愈來愈不快樂。

我摸到一個硬塊。

就在左乳下方，大約五塊錢硬幣大小，壓了會痛。

我要捷幫我看，捷臉色沉了下來。捷觸診時，我心內彈琵琶：我還沒去過希臘啊，我還想要交個女朋友，我想要爬玉山，我還要照顧媽媽呀，我還有……

難道和媽媽一樣？

「這，有可能是男性女乳症啦。」捷說。

「你這幼齒的，還在發育喔。內分泌還沒調適好，所以有可能會這樣，別擔心，回台北到醫院檢查一下就好了，我這可是無照行醫咧。」捷故作幽默，可是我一點也笑不出來。

「你知道我媽媽的情況，這有沒有可能是……」我還是忍不住想問。

「有可能，不過機率不大，還是去檢查比較安心啦。」捷跳下床：「走，去買兩罐來喝，放鬆心情，不要想太多了。」

捷把我抓到便利商店買了幾罐啤酒，回到民宿，我有點難過，我把我兩罐喝光，還把捷的另一罐搶來，這夜睡得很不安穩。

第二天我全然無心玩樂，捷看我心情不好，就草草結束了這段旅行。

「我覺得『它』在長大耶。」回台北的高速公路上，我指指我的胸部和捷說。

「你是不是覺得有飽脹感，想泌乳啦？」捷咂咂嘴。

「變態！」我搥他一拳，這話實在很難安慰我。鬧歸鬧，捷不愧是好朋友，回台北第二天又靜悄悄把我拎走。

「健保卡帶著，去醫院！」捷說。

「要看哪一科啊？」

「乳房外科。」

「有沒有別科可以看的啊？」我臉紅。

「我打聽到今天看診的是公認的乳房專家，你別想太多了啦！」乳房外科的走廊上滿滿的病人，沒有幾個男的，僅有的幾個旁邊都有女伴，應該是陪女朋友陪老婆來的。

「你應該要我戴墨鏡和帽子的。」我小聲和捷說。

「怕什麼！大家都是醫院淪落人，你怕她們看，她們也怕你看啊。」

尷尬的待診時光好不容易輪到我，叫我的護士眼睛還很利落地掃描了我幾下。醫師倒是沒露出驚訝的表情，除了問我有沒有去捏去咬（最好自己咬得到），再觸診了幾下說嗯嗯的確硬硬的，就要我去驗血。

「是男性女乳症，應該過不久就會消了，你去抽血檢查看有沒有A肝或B肝，過幾天來看結果。」

果然還是得挨一針，捷逗我笑分散對針的恐懼。

在陪我看完病理報告沒問題後，他隔天就去新訓中心了。心中的石頭放下，我的生命重新彈跳起來。

但是母親。

母親生病後，隱藏在生活中各個角落的乳癌病患和統計資料突然被迫現身，她常常說，王某人的老婆也是這樣啊，她三年了，不知道還要拖多久。那個舅媽哥哥老婆的妹妹是末期啊，可憐可憐。會計室章太太不見一陣子了，聽說得病拒絕開刀拒絕化療，現在在等死……媽媽把她們大同小異的病情熟背，並且無時無刻和我們宣揚，剛開始，我們還會覺得，啊，怎麼那個人也是這個人也有，到了後來，我甚至語帶慍怒地壓抑地和媽媽說，這不是對獎，多集幾個病人妳們就 bingo 沒病了，這些人的病情和我們有什麼關係？我們難道還要幫這些人的家人操煩嗎？死亡不會因爲妳們人多勢眾就同情妳們，妳是要告訴我們沒病的人活得很可鄙嗎？

她們是躲在荒原上見不到彼此，獨自掩面聽見對方哭聲的女人。

我很殘忍地幫媽媽戴上耳罩，因爲我不想當助聽器。

七

妳對任何事情都提不起興趣了。已經到了生命的渡口，擁有一張橫渡冥河的船票，看擺渡者何時幫妳劃位。妳以爲因病退休會得到更豐富的人生，現在知道那只是對健康的人說的。人鬼殊途，妳怕見到人。屬於鬼類。妳從丈夫及兒女的眼中已經看到一種僞裝的逃避，每個人的笑臉背後都是不耐，妳已經讓太多人失望。女兒會裝小，用兩隻食指抵著妳的嘴角往上推，說，媽媽妳要學會笑喔，對，這樣就是笑。

皮笑，那肉呢？

女兒天天到公園陪妳跑步，兒子一週兩次開車載妳到郊外踏青遛人，妳勉強覺得踏實，但是疏離感已經在妳和兒女中間滋長。妳成爲另一個人了，他們不熟悉的對象。丈夫每天回家必摸妳的頭，看看頭髮長多少了，妳的頭髮像春天的嫩芽短短的貼在頭皮上。縱使頭已經沒那麼禿了，但妳眞的是旱魃，將旁人對自己的關懷和愛全都蒸發殆盡，那天國小同學走後，妳總覺得別人不懷好意，那些來的都不是眞的關心的。

「難道是那些沒來看妳的嗎？」有天妳和兒子抱怨，他冷冷地回了妳這句。

兒子去服補充兵役，妳覺得很難熬，整天都在家裡像隻無頭蒼蠅繞，等著電話鈴響。這是最高級的逃避，利用國家資源阻撓了和親人和世界的聯繫。

有天晚餐後，丈夫拿了幾個奇異果出來切，妳等著吃，他卻笑了出來，和女兒說：「妹妹，妳看，媽媽的頭像不像奇異果？」

女兒像是遇到世紀大發現般衝到房裡拿了兩扇小鏡子，給妳看後腦，「媽，眞的很像，尤其是妳的頭髮，和奇異果的細毛好像喔！」

妳不知道該說什麼，過了幾天，看電視轉到了一個類似「繞著地球跑」的節目，介紹紐西蘭的景色，除了跑到《魔戒》拍攝的場景之外，還到了他們的果園看結實累累的奇異果，當然，主持人免不了交代了一番紐西蘭奇異果的來龍去脈。

「各位觀眾你們看這些長在樹枝上的紐西蘭名產奇異果啊，其實就是中國的『獼猴桃』喔，這種原產於中國南方的水果，是第二次世界大戰時由中國著名的園藝學家『李來榮』在陰錯陽差之下帶到紐西蘭的。當年，日本攻打珍珠港，本想從夏威夷搭船回中國的李來榮因為戰事，船隻便在紐西蘭靠了岸，從此，獼猴桃在紐西蘭就落地生根了，因為獼猴桃和紐國的特有種生物『奇異鳥』圓滾滾的體型類似，於是『奇異果』這個名字從此改變了獼猴桃，一躍而上進攻國際市場，成為紐西蘭的特產。」女主持人眉飛色舞地說著。

「啊，原來猴子可以變成鳥啊。」女兒看到這段節目時，莫名其妙發出這樣的感嘆。

一股幽然的記憶降臨妳的腦海，妳想到兒子曾經在上國中時說過一件可怕的事。

兒子在生物課時做了蚱蜢標本，要在玻璃罐中加入棉花和四氯化碳，在其上墊層紙，再將蚱蜢丟入蓋緊。兒子說，老師如臨大敵說四氯化碳易揮發會致癌，請大家戴口罩閉氣，兒子照做，當然還是聞到一點，他大驚，原來小時候媽媽身上好香好愛聞的味道，就是四氯化碳。

兒子一直把那毒藥當成妳的體味，妳想到曾經當成家的，實驗室。

毒藥可以變成親情的象徵，妳對於猴子能變成鳥一點都不感到意外。

總之，長期接觸有毒物質，或使妳的身體觸動扳機，疾病的子彈向妳發射，導致現在的妳。

然而兒子說，他在實驗課聞到四氯化碳時，雖然驚恐，但也有種回到小時候的幸福感覺。

妳的禍因之一標記了兒子關於幸福的記憶。

妳的靈魂被疾病撕裂，露出了隱藏在原我之中的那個更赤裸的人格，妳已經不是原本的妳了，原本的妳積極、好事、樂觀、多話，現在的妳懶散、畏縮、悲觀，還是一樣多話，但沒人愛聽。原本的靈魂充滿包裝，現在，妳連人最基本的裝飾，頭髮，都沒了，兒子說頭髮長回來就會好了。其實妳更擔心的是人格轉變所須耗費的巨大適應能量，妳是否能再承受一次。

（生命可以逆向操作嗎？我要從蒼老再次僞裝年輕？）

女兒給妳看了一段紀錄系上迎新表演的影片，整個銀幕中，只見一個身形瘦小的人，戴著大到不成比例的佛臉頭套，金光閃閃，坐在舞台中央彈民謠吉他，唱了一小段〈橄欖樹〉後，摘掉頭套，一個妝花髮散的女生說，請各位欣賞接下來的「佛朗明哥」，一陣沉默，接著就是完全無法停止的爆笑。換咬著紅玫瑰的舞者上台。

妳這才看清，原來那個妝花掉的，是女兒。女兒在旁邊問妳，好笑嗎？

「還好。」妳沒有笑。

殘破的內在，是妳的縮影，無意間被女兒以如此的方式呈現。

（原來我是取悅人的、一種生的倒影，我甘願？）

（願意來看我的，就來看我吧。如果能搏君一笑，如果你們在我拉下頭套的那一刻看到了生命的滑稽和衰敗，如果你們能認爲自己活得不夠好。那就來吧。）

（這是我的剩餘價值。）

八

我的左胸到了軍中後，卻一眠大一吋，對女生而言可能愈大愈好，對我是愈大心情愈糟。軍中白天的活動還不須太遮掩，但是晚上洗澡卻很難避開。

每天，我都小心翼翼地避開最多人的前七分鐘，迅速衝到沒人的淋浴間洗澡，可是第五天時一個同梯卻敲門問我可不可以一起洗，我只好放他進來，本來相安無事，但他卻瞄到我實在防不勝防的左胸，突然停下動作，睜大眼睛說，你咪咪好大啊，借我摸一下咩。我大罵你是精蟲灌腦啊，小心我把你閹了。接著把他伸過來的手撥開。

匆匆淋完浴，趕緊穿衣服走人。

擔心的事，最後還是發生了，不論我多晚洗澡，不論還剩幾間空淋浴間，總是有人要擠過來和我洗，並有意無意觸碰我，人一個接一個像是參觀風景名勝，可是氣氛都很詭異，大家低頭默默洗著，眼神歪斜斜。男人雖然禁不起寂寞，但哪有這麼飢渴啊？只剩幾天了。

我不堪其擾，和輔導長說，他准許我使用軍官浴室，我卻被大家在背後指指點點。

左胸的硬塊消失後，整個胸部竟膨脹起來，我目測已經快達A罩杯的水準了，補充兵其實不乏有A罩杯甚至B罩杯等級的胖子，可是我這種瘦高體型的頂著一個A罩杯，再天兵的人也看得出怪怪的。我不知道爲什麼這個乳房沒有照醫師的預測逐漸消失，心中很惶恐，也不敢在軍中申請夜診，這樣恐招來更多笑話。

「我知道，眼睛問題只是一個幌子，你眞正的問題是，陰陽人吧？」第九天就寢後，我的鄰兵問我。

「眞的是眼睛好唄。」我翻過身繼續睡。

「那你怎麼會長個咪咪啊？你該不會有陰道吧？」他不死心。

「白痴，並沒有好嗎！你以爲我想要這個咪咪啊？」我沒好氣回答。

「那讓我摸摸唄，我好想我女朋友喔，她都讓我摸奶。」鹹豬手伸上。

「我又不是你女朋友。別性騷擾。」我把他推開。

當晚，我夢見在醫院陪伴母親，我睡在她床邊的行軍床，半夜，她手一伸，抓住我的左乳，我看見她向上翻白的雙眼從頭頂冒出睥睨著，剩下的髮絲因爲汗水黏成一綹一綹貼在頭上，眼眶是兩個黑色的洞。她用嘶啞的嗓音喊著「給我」、「給我」，並一直拉扯著我的乳房，我的乳房被撕去，看到鮮紅的內裡是一個充滿深色血液的窟窿。

驚醒，差點尖叫，發現鄰兵竟越過蚊帳手把著我的胸部酣睡，我喘著氣，把他的手放回去。離起床時間剩半小時，四周酣聲環伺，我低聲啜泣。

結訓時，大家興奮地戴上預藏了兩週的帽子，準備迎接再也不受兵役約束的新生活。我想到面對醫師可能得到的審判就不禁沮喪，我和媽媽也許同病相連，我很不想面對離營後的生活。

離開營區時巧遇一場大雨，所有人都被淋成落湯雞。這場雨彷彿洗去所有在軍中的髒話和豬哥臉，換上平常穿的便服後，舉目所見又是一群年輕有爲正直的好青年，我變得巨大而黝黑的乳暈則在浸水的白色襯衫下若隱若現，呈現一種非常扭曲滑稽的色情誘人姿態。

「讓我和你的奶照張相留念吧！」一不留神，一個不識相的同梯拿出被保管兩週的相機找我，惹來一陣哈哈大笑。

「見你的鬼了！」我不要，結果四個同梯把我架起來，掙扎罔效，他們掀開我上衣和我合照，有個變態還擺出舔我奶頭的姿勢。

「你們這群野獸！」我大叫。

人在遇到極度的羞恥時，反而變得十分抽離以減輕自己的痛苦，我彷彿在人群外看見自己被抬起架高、掀起衣服，一切動作都緩慢地呈現。我很客觀地告訴我哪些動作該做，哪些動作做不到就算了，自我複製一個隱形人在耳畔提醒，「撇過頭不讓相機拍到臉」，「掙扎量力而爲即可」，縱使整件事違反我的意志，可是這種處境，我還能抗拒，還能申訴嗎？

（母親的病無人申訴。）

（我和妹妹也抽離了該表達的當下，那些不是我們該流的淚。）

（難道是一種隱忍的羞恥？彷彿未竟的孝道曝光。）

（淚是訪客的貢獻，我們必須讓事情在軌道上運行妥當。）

（我們冷血，但已經不乏對泣之人。）

（我們在人前抗拒被指定的情緒。）

「別鬧了。」班頭制止了他們。

「幹！」我被放下來時，整個頭腦發脹發熱，口中只剩髒話，飛也似蹲到後門的走道上，嚶嚶啜泣，看著小窗外來來往往的車，以及向後飛逝的柏油路和白色分隔線。我見到，綿綿細雨中，一隻隻五色鳥，血肉模糊地攤在路上，鮮豔的羽毛散落，像一團團備受蹂躪棄置的彩虹。

「別和他們計較了，等下一到台北，就互不相見了。」班頭走下樓梯拍著我的肩膀，我轉過身抱著他大哭，我想到照顧我的捷，可是他已經遠離我的生活圈了。斂容正色，我要回家了。

九

兒子回來了。

甫進門，妳女兒就大叫，好像啊你們兩個。

兩顆奇異果，兩顆獼猴桃。

妳和兒子面面相覷，他理了一個近乎光頭的髮型。

兒子摸摸自己的頭髮，再摸摸妳的，哈，我們一樣長耶。

窗外，一隻鸛鳥飛過。

妳曾經是我母親。

十

我上前和母親擁抱，她瘦弱的身體，和剛長出的頭髮，無助的眼神，小孩般需要人呵護。我撫摸著她光華柔順的新髮，她的頭枕在我的胸膛，像是我的小女兒。我的手握著她的臂彎，拇指摩挲著那塊胎記。

本能似地，母親尋獲了我增生的左乳，很自然地含入嘴裡，吸吮著。酥癢。一股熱流竟從胸部蔓延，母親微笑的嘴角潤著乳色的白光。

低著頭，看著她，悄悄地說：「我們比賽看誰的頭髮長得快！」

她已經睡著了，眼角泛著淚光。

那是一個怕黑小孩的黑暗之淚……

飄泊的法國號

愁共海潮來，潮去愁難退。更哪堪晚來風又急。

——薛昂夫〈楚天遙過清江引〉

踩跨著溪中淺淺露出的石頭，我想尋一塊適合的地方，可以看得到溪水，也可以看得見溪畔的五月雪。我想在微風吹過時，看著落花在水面浮成一朵朵的小舟，搭載著我的音符，流向大海，航向你。

我拿出背袋中的小號，吹出那首交響曲第一個音符……

這是我初次到苗栗的山區做調查，來之前並沒有意識到這一季的花，只是照著我信中所陳述，要在每一個山谷中都填滿馬勒（Gustav Mahler）《第五號交響曲》第一樂章的信號樂，想像著溪流將我滿滿的思念匯集於海洋，讓你孤單的航行不寂寞，讓你航行中吹奏法國號時有所和鳴。

到了樣區，滿山谷的白色油桐花卻將我的思緒拉回了高中時代。那次到苗栗鄉間遊玩，一樣是開滿花的溪谷，大夥兒的反應都是呆呆地讚嘆好美，你卻拾了一顆小石子擲向油桐木，讓我們傻了眼，你解釋，家鄉沒有這種樹，想知道這樹能發出怎樣的聲音，並接著說，在森林中若要辨識遠方的樹木，扔顆石頭砸一砸就知道了，我們大叫你騙人，你卻笑著答：「我從小就這樣在森林裡玩，難道，你聽不出自己父母的聲音嗎？」

「你都用石頭丟父母啊？」我撈起溪水代替石頭潑你，你又笑又叫，我說這就是你的聲音嗎？大家見狀，順勢打起了水仗，玩了一個下午，結論是以後在路上一定隨身帶一瓶水，潑水即可聽音辨人。

這是意外的插曲，我們都沒帶衣服換，趕緊利用黃昏前最後的陽光把衣服晾著，但終究還是潮潮地上了客運。客運的冷氣很強，我被吹得發抖，你看見了，翻出背包裡的毛巾，說今天只拿來擦過一點汗，若不介意，可以用力擦一擦身體，會比較暖和。我照做，果然不抖了，我把毛巾塞在肩背處忘了還你，便帶著有你淡淡體味的自己和毛巾回家，無所謂香臭，只覺得親切和窩心，是夜我輕微地發燒，從此每晚擁毛巾入眠，直到不小心被母親洗去爲止。

其實剛和你認識時，我心中是覺得有點倒楣的。那是高一開學的新生訓練，因爲遲到，所以位子只能挑剩的，一屁股坐下才發現前面怎麼是個沒穿制服的，我偷偷地瞄了幾眼，平頭濃眉大眼方面帶殺氣，等級直逼大哥，以爲是誰的父親，但是老師發什麼前面的也拿什麼，過了很久也沒有人叫他爸，這才確定是同學，老師最後也沒換位置，我只能暗叫倒楣，他問什麼、傳給我什麼，我都是低眉相迎，簡短回話，第二天，他終於忍不住了，咬著一口特別腔調的國語說：「酷哥，別這樣的嘛，你都不理我，這樣我會很難過的耶。」這位大哥樣的人，就是你。

你問：「你想參加什麼社團？」沒等我回答就說：「我想參加管樂社呢！」我的驚訝化解連日來對你的畏懼，開啓了話匣子，因爲那也是我心中的目標，在新生訓練當天的社團表演，只有管樂社掀開活動中心屋頂的能量能撼動我、說服我，當我知道你想吹奏的樂器是法國號時，更吃了一驚：「你幹嘛想學那麼笨拙又用左手按鍵的樂器啊？」

「你不覺得造型很美的嗎？小時候我在教會的聖誕樹上就看過這樣的吊飾，有次還把它拿下來含在嘴中想吹咧，結果不小心吞進肚子了。」

「啥？那怎麼辦？」

「看醫生啊，照X光啊，醫生說拉出來就沒事了。」

「嗯，你該不會翻馬桶吧？」

你露出狡黠的笑容，握住我的手說：「幸會幸會。」

尖叫。

我們又繼續聊了許多，原來你是東部阿美族人，領制服當天火車誤點遲到，結果適合的尺寸被領光。你以前常常往教會跑，牧師教你彈鋼琴，並帶你聽了許多的古典音樂。

「你有聽過馬勒的作品嗎？」

「沒有耶。」我回答：「我都專攻古典和巴洛克時期的音樂。」

「眞可惜，放學來我這裡聽吧。」

於是，這成了我們慣常的交流姿勢：一台 CD player 是心臟，一對耳機，一左一右分別將音樂脈進我們的耳朵，有時坐在地上，背靠著你的床，有時逼仄的單人床上，擁擠著兩人的身體。音樂同步，音樂流給我們的養分也同步，我漸漸對馬勒的幾首交響曲產生共鳴，一扇和巴洛克完全不同的窗戶被你打開。

大三那年的暑假，校友管樂團的南部巡迴的夜裡，是我們最後一次共享音樂的血脈，你說接下來就要上船實習了，將有半年多的時間在海上。那晚我準備的是法國音樂家克哈斯（Jean Cras）的歌劇作品《波利菲》（Polyphème），劇情根據古希臘神話改編，海洋女神嘉拉蒂喜歡俊美的牧羊人埃西斯並且與之相戀，海神之子獨眼巨人玻利菲嫉妒，趁牧羊人不注意，便以巨石殺之，認爲從此就可得嘉拉蒂的歡心，但埃西斯的血液化爲河流，流向大海，終與戀人相聚。

「你不怕暈船嗎？」

「怕也沒用囉，吐一吐就會習慣了吧。而且聽說，商船比較穩啦。」你感嘆地說：「以後，恐怕沒有時間吹法國號了，校友團演奏的時候，我大概都在海上吧。眞可惜。」

你上大學後，好不容易利用打工存的錢，買了一把二手的法國號，沒用過幾次就要封箱了，「那你帶上船吹吧，無聊時也有個伴。」

這齣歌劇寂寞很久，毫無名氣，但是旋律醉人，我們在波光粼粼的旋律中進入夢鄉。

「你知道嗎？昨天聽的那齣歌劇，」第二天，終於要道別時，我和你說：「作曲家是一艘軍艦的艦長，在海上，音樂一直沒有離開過他。」

我們如願進入管樂社，我選擇本來就有基礎的小號，你的法國號是從頭學的，那時候，我們常在活動中心的美聲迴廊抓一把椅子坐著練習長音，這裡音效奇佳，就算自己的音色再怎麼普通，只要穿過那道迴廊就美如天籟。法國號的聲音不像小號咄咄逼人，即使待在你身邊練習，也常覺得法國號的聲音像它的號管般迂迴曲折，彷彿從活動中心的每一個縫隙中傳出，像一場音符的日光浴，慵懶、溫暖、悠長。

馬勒的音樂，在樂器的技巧更精進後，遂從純聽覺的享受轉換成實際的演奏，當然只是好玩的，肆無忌憚不顧音色音量狂飆曲子是業餘者才有的特權。他的音樂使用大量的銅管，我們常在前一天晚上記住交響曲中屬於自己樂器的那一句旋律，隔天吹給對方聽，測驗彼此知不知道出自於哪一首交響曲。除此之外，你喜歡聽我吹奏《第五號交響曲》開頭的信號樂，你說，來台北時，一路上聽的就是這首，小號的旋律貫穿全曲，不論整個管絃樂團多麼狂暴、多麼喧鬧，小號的聲音總在最後具有撥亂反正的力量，是一股清新的活水，你用這首曲子，撫平獨自離鄉求學害怕慌亂的心。

參加管樂團後，課業反而成了次要的角色，團練和個人練習佔去全部的休閒時間，你住得離學校近，每天早上晨光初現時，睡意未褪的我歪歪斜斜到學校，只要經過操場，都可以聽見你的吹奏聲迴盪在校園，喚醒校園的一草一木，喚醒我的心，鼓舞著自己的精神，朝活動中心雀躍奔去，準備早上的升旗；晚上練習完返家，你的法國號聲音隨著涼風送我出校園，那時總覺得，每天有你和一群愛音樂的同學陪伴，是件多麼幸福的事。

即便到了高三，管樂社的主角已經不是我們，我們還是會相約偷偷跑到活動中心哈兩

「管」，混在學弟妹的管樂聲中，朝著偌大的校園嗆聲，我們忍耐著準備考試的沉悶，聽說到大學，就可以瘋狂玩社團，吹樂器。

事情總在憧憬時最美好，我們卻進入了不同的大學，我留在台北同學比較多的那所，參加管樂社簡直是辦同學會，你則進入了東北那所專事海洋的學校，獨自一人。

「我在海上工作的叔叔伯伯都只能當漁工或低階海員，辛苦又危險，我希望成爲家族裡第一個船長。」你告訴我，從此，每個暑假校友管樂團的集訓和巡迴，便成了我們最重要的相聚時刻。

那時手機還不風行，我只有一支你租屋處的號碼，除非有重要的音樂會訊息，我也很少找你，你放假通常回花蓮，很難見到面。不是大學的課業和社團讓我瞬間就忘了過去的友誼，而是各自的生活少有交集，在我們成長冊頁中沒辦法爲對方留下太多素描，每次見面都發現心中的你和現在的你差別愈來愈大，似曾相識又得重新認識，好在我們心中那方留給音樂的空間同時也是留給對方的，透過那些古老的音樂家在我們心中播下的音樂血脈，尋找熟悉的彼此。

我在克哈斯的音樂中尋找到你的同類，還來得及在人生跨入另一個階段前告訴你。

大學畢業後，我們一個是陸軍一個是海軍，你在左營管碼頭，我竟被分派到花蓮，你的故鄉，直到快退伍，才在某次假期中見面，你帶我到你家吃阿美族的野菜料理，涼拌苦瓜、藤心排骨湯、烤箭竹筍……每道菜的滋味都十分特殊，讓我大飽口福，但都比不上你母親妙語如珠，讓我即便在吃飯，嘴巴能動的時間幾乎都在笑。

喝了一點酒，你的口音擋都擋不住，全都回來了，帶著笑容說了令我訝異的事，大四那年的實習，船上的二副和另一名實習的同學不知爲何產生了心結，連帶遷怒於你，還造謠說你酗酒怠忽職守，搞得你和二副就算同在艦橋也不言不語。你第一次知道，「敵人的朋友也是敵人」這種生存法則，你告訴自己，心胸開闊的人心中就有一片海洋，心胸狹窄的人就算在海上也只能看見封閉的船艙裡來來去去的恩怨，但在船上的日子一久，謠言的力量終讓你心力交瘁，不得不提早下船，二副送行時竟還假惺惺祝福你……有半年的時間你封閉了自己不和外人聯絡，言行幾乎失常，常想往馬路上的車流衝去，你母親甚至違背基督信仰帶你到巫婆那裡驅鬼安魂。

我以爲你當時還在海上。

看你雲淡風輕地訴說，我知道一切都已過去，但我心中的難過在你的笑靨中發酵，彷彿爲我斟一盅陳年的悲哀。

我們各自帶著心事航向未來，你上了商船，我進入研究單位，你一走就是一兩個月，我大部分時間則待在台灣各山林樣區中進行植物生態調查，我們在這高科技的時代竟一直沒時間見面。你寄了有杜拜帆船飯店、埃及金字塔、雪梨歌劇院、金門大橋等港都的明信片給我，我在某次假期中到了維也納，在充斥莫札特紀念商品的店裡不起眼的角落注意到了印有馬勒肖像的記事本。剎那間，我想起這裡不是港都，想起你聽馬勒音樂時專注而洋溢著幸福的神情。

於是我送了你這本筆記本，並附上一封信，寄到你已不常踏入的島上家門，告訴你，我常常攜著小號在無人的山谷中吹奏，森林中的生物彷彿都是我的聽眾，鹿鳴鳥囀，樹影搖曳颯颯，就是自然的回應和掌聲。信末，我問候你的法國號，是否長伴君側？

「如果沒有見面，那表示分離的時間還不夠久……」此句雖兀自呢喃卻下不了筆，遂，封緘。

大洋沒有時差，日升就是黎明，日落就是晚霞，大洋也沒有門牌號碼，地址是屬於陸地的，東經一百二十一度或是西經一百零九度，都是同一個太平洋，在你的眼中，不論是亞洲、歐洲、非洲、美洲，恐怕都只如飄泊於汪洋中的孤島。

而我終究被囚禁在這沒有你的島上了。

你在我回憶的劇院中仍不停地播放，身影依舊，顏色和音軌卻逐漸模糊，褪至古老黑白的默片時代，膠卷已瀕臨損壞，只剩年老的樂師和幾樣老舊的樂器，仍固執且孤獨地隨著劇情詮釋著觀眾的情緒……

童誌銘

我已經憂傷了多麼久了，可我一無所知。

——王安憶《憂傷的年代》

上小學前，我住在中部某個鐵道經過的鄉下，那裡是阿嬤家。

阿嬤的家就在鐵道旁邊，緊鄰著鐵道，有一畦小小的菜園，阿嬤白天到田裡種菜，收成時到市場販賣，有時到鄰近的工廠拿些布料回家做代工，縫些枕巾和娃娃，貼補家用，我常在火車的隆隆聲以及老式縫紉機發出嘎吱嘎吱的聲響中，混合地板輕微的震動進入夢鄉。

那是我有記憶以來最安逸、最沒有壓力的時光，不用上學，白天跟著阿嬤進進出出，在菜園抓蟲玩蛹撲蝴蝶，摘下豔紅的扶桑花抽出蕊心吸取甜甜的蜜汁，到附近的灌溉渠道（我們都稱呼那爲「小河」）摸蜆，或到林子裡挖雞母蟲，和我最要好的，是附近唯一同齡的阿成，我們最常在一起玩耍，鐵道就是我們的遊樂園，是我們兩人的祕密基地，我們會比賽誰的耳朵靈，貼著鐵軌先知道火車要來，或是在火車經過後，手掌貼著發熱的鐵道，看誰的掌心比較紅，以及所謂的測試勇氣的遊戲，諸如把鐵軌當糞坑，蹲在上面大便之類的。

除此之外，那段時光中，我快樂的至高點，就是我成天盼望的父親，回家的時刻。

父親在台中市打零工，不時回來看我們，只要他回來，就會帶錢給阿嬤。當他很長一段時間不見時，阿嬤就會開始擔憂，也許他這段時間工作又換了、薪水被老闆拖了、給人騙了，在

是從那時開始，我的個性漸漸畏縮，變得猶疑、神經質，並且，開始對於所謂的「贏得什麼」（老師的誇獎、字典、名次、糖果）有著本能性的恐懼，使我上小學後屢被老師評爲不上進、個性唯唯諾諾、不合群，爸爸每次都很和氣地和老師說會好好管教我，他知道我的委屈。

那時，父親已經進入著名的石油公司開運油車，並在中市有間小小的眷舍，我被安置在那裡，父親善用了我個性上的弱點。他開車常常晚回家，放了學，家裡通常只有我，他遂請對門同事太太分神照顧我的飲食，其他則不需多費心，因爲爸爸知道，那件事過後，我不會、也沒膽亂跑，放學只敢跟著路隊，乖乖回家待著，隨便寫完功課，接著花很多時間看著窗外的路樹和上上下下的雀鳥、呼嘯而過的車輛、晚霞、雨水打在窗上的痕跡，等街燈亮起來、等對門媽媽按電鈴要我吃飯。對門媽媽還常拿我看似乖巧的行爲教訓她三個頑皮的小孩，導致他們對我也產生某種程度的排斥，雖然在他們家吃飯，卻也不曾和他們熟稔，其中的老三還跟我同班呢。這使我封閉的生活更顯孤僻，我想她若知道之前發生過什麼事，應該寧願小孩子調皮搗蛋一點。

吃完飯，可能會在對門家看卡通，那是只有三台的年代，播新聞我就回家，翻著僅有的幾本破皮毛邊有注音的童書繪本和字典，要不然便是拿出爸爸送我的生日禮物：一本綠皮的小筆記本，畫著這天卡通裡播放的角色，打發我無聊等待父親的夜。

家裡還有一罐蟲陪我。

到台中後，我鼓脹的肚子立刻被醫生診斷長寄生蟲，他開給我幾帖藥，吃完之後腹痛如絞，於是要我屙在塑膠盆，糞堆白森森都是蠕動的蟲，醫生說要拿去做標本，我問他標本是什麼，他歪著頭想了一下說，標本就是把這些蟲泡在藥水裡，牠們就會像模型一樣，永遠保存下去啦。

「我也要！」我想到阿成沒有，也想到自己會屙蟲他卻不會，回去一定要向他炫耀。

醫師遂給我一個裝滿藥水和蟲子的小玻璃瓶，叮囑我千萬不可以打開，否則那些蟲會爬得到處都是。

因此我絕不給對門那三個男孩看到這寶貝，要是給他們看到，鐵定會被他們搶去玩壞。

這是只和阿成分享的祕密寶物。

對著光線看那瓶黃色液體，大小不一細長的白色蟲子在裡面緩慢飄浮，因爲瓶壁的彎曲而產生了局部放大的效果。

我常常看著看著就開心地笑了。

離開阿嬤的縫紉聲、半夜鐵軌規律的轟隆聲，我對於台中的夜一直無法習慣，再加上眷舍離大馬路很近，三更半夜還會有車輛噪音聲擾眠，白天更不用說，六點就一定被車水馬龍咬開眼皮，我很想念在鄉下生活的日子。然而爸爸卻像《天方夜譚》裡王妃不斷用故事拖延蘇丹王對她執行死刑的日期般，不斷用各種孫小空的故事拖延著我常常央求他帶我回阿嬤家的心情，因爲阿嬤對我來說就像母親一樣。

關於「阿母」的概念，我在小學前是和「阿嬤」混淆不清的，雖然我看過阿成的母親，但他阿嬤早逝，所以我對這兩種詞彙的概念同屬於「管理家務」的女性。社會課教到親屬關係，對於比父輩大的稱爲很正式的「爺爺」「奶奶」，我剛開始還搞不清奶奶是啥，以爲是別的親屬關係，並且自動把阿嬤排到母親那一欄，沒想到同學看到我在媽媽旁邊加註「ㄚㄇㄚˋ」時，竟推推他象徵早熟的眼鏡搖頭告訴我，「ㄚㄇㄚˋ」就是奶奶啦。一語驚醒夢中人，那「母親」這欄究竟是什麼？我開始困惑，像被別人發現自己有所匱乏而感到惶惶不安。

這天晚上吃飯時我和很少交談的對門媽媽問了關於母親的問題，她微笑告訴我，每個人都有母親啊，你一定有，問你爸爸就知道了。三個男孩插嘴說，你搞不好不是媽媽生的喔。大家於是陷入一片孩子是如何出生的爭論，什麼送子觀音、送子鳥、石頭中爆出來的（這我提供的，因爲想到孫悟空）、從河中漂來的，最後連從垃圾堆中撿來這樣的答案都出現了。看完卡通，最大的男孩神祕地拉我到角落，正經地告訴我，其實小孩是爸爸媽媽牽手親親就會有的，而且，你在街上看過大肚子的女生吧，那裡面就藏著小嬰兒喔，我弟弟生出來前，媽媽的肚子都會變好大好大喔。要生的時候，就像大便一樣，我小弟是在家裡出生的，我記得他從媽媽的腿中間跑出來耶。出來的弟弟好小喔。

爲什麼兩次都是你媽媽肚子大，你爸爸難道不會嗎？我問他。他想了一下說，我爸爸肚子也很大，大概下一個就是他生吧。

聽完我觸電般頓悟，衝回家拿起藏在抽屜裡的玻璃罐，再次仔細端詳，並且哭了。

一定是醫生害的，把我的小嬰兒弄壞了，才騙我那是蟲。我同時焦躁地等待父親，要問他媽媽是誰。

父親進門，我劈頭就問了這個問題。父親竟燒紅了臉，支支吾吾說，你媽媽被孫小空抓走了，我不信，於是對父親哭鬧了一陣，他竟吼我。那天晚上沒有故事，我躺在床上聞到源源不絕的菸味而無法入睡，一方面悲傷我那麼崇拜相信的角色竟奪去我很重要的人，另一方面，我也不相信父親說的話，畢竟上小學之後，幻想和眞實的邊界已經築起圍牆了。

我和父親冷戰幾天，他每次要和我合好說故事，我就問他孫小空爲什麼要搶媽媽？他被我逼煩了，他說說了我也不會懂的，他答應我長大了會告訴我。我問他我怎麼出生的，是不是從你們的肚子？我指著爸爸的大肚子問，裡面有沒有小嬰兒？他說，孫小空不乖，他把他關進去了。

從此，父親再也沒和我說過關於孫小空的隻字片語了。

小學的第一個母親節前夕是週六，老師發給大家美術卡紙，要我們畫卡片給母親，並寫上祝福的話，我自知這個節日暫時與我無關，被老師發現半筆也沒動的我，才讓她想起我沒媽媽，於是微笑地告訴我，可以寫給姊姊或是阿嬤，並且皺著眉頭和同學教導著，他沒有媽媽很可憐，大家要有愛心，不要嘲笑他喔。

全班一口氣說「好」，卻有人開始竊笑了。

我賭氣抓起畫筆，在我粉紅的紙上畫了康乃馨和愛心，還以對門媽媽爲藍本畫了想像中的媽媽，她穿著圍裙捲著短髮開口大笑，並寫著「媽媽辛苦了」「媽媽我愛妳」，彷彿對老師無言的抗議。因爲我平常在家裡沒事就會畫畫的緣故，所以畫得比同學都好，因此當老師看到我畫的卡片時，還大大稱讚了我一番，下課時還讓同學傳閱。但卡片傳回我手上時，裡面仍多了許多小女生傳給我的安慰紙條，以及幾個惡劣的男生忌妒似的訕笑，其中一個就是對門的老二。

放學途中，我左思右想，覺得這張卡片放在家裡既然沒人收也怪怪的，我也怕父親看見不知道會想什麼，於是，我把這張卡片偷偷塞到對門的門縫，吃飯時，卻看到冰箱上大剌剌地用磁鐵貼著這張卡片，然而，我簽名的地方被貼上貼紙，一旁多了三個男孩的簽名。旁邊還有三張他們個人畫的卡片。

我看到他們示威般的眼神，和他們母親慈祥的微笑。

我手發抖，筷子落地。

阿嬤只在過年時會被爸爸接到城裡一起過，國小五年級有天放學後我竟在家裡看見阿嬤的身影，原來阿嬤生病了，我開始過著放學除了做作業還要照顧阿嬤的生活，龐大的醫藥費讓爸爸每天只能唉聲歎氣，我見不到他的時間更多了，他跟我說，你不用再吵著回鄉下，因爲阿嬤來了，老厝也賣了，你阿嬤要錢醫病。阿嬤並沒辦法替我生母的身分提供解答，我同樣的問題煩過她好多次，她只知，幾年前，爸爸回家時，就多帶了我這個娃，過了很久，她才猶豫地說，你母好像是個雞吧。

我聽完大樂，彷彿看到卡通裡動物頭人身的角色，現實和幻想似乎又有接軌的可能。

當晚我興沖沖和父親說，他卻前所未有地和阿嬤大吵一架。

多年後，我常拿著父親的照片和鏡中的自己比對，明顯地，我的眉宇、嘴唇、耳朵的形狀都不屬於父親，只有鼻子比一般人稍挺的特徵和父親相似，而我能用我這張彷彿錯畫肖像的面容上街尋母嗎？

阿嬤死後三年的盛夏，我已是高一的學生，父親從酷熱的加油站走進冷氣超強的便利商店，便倒地不起，把他說等我長大要告訴我的事拖延到生命之後。我當兵時常常想像腦袋中血管爆裂時會不會聽到砲彈擊發般的巨響。我看到他時他身上插滿管子，醫生問我要不要拔管，心亂如麻的我誤以為拔了管子他就會醒來，於是點頭。

我的監護權給了一個遠親，他讓我住在學校附近，很少管我，父親生前一直避免讓我回到鄉下，在他死後終於無人攔阻，我帶著那罐小蟲想給阿成看。

鄉下已經都是改建的水泥透天厝，我連阿嬤的老宅在哪都分不清，童年的小河已經不見了，需要被渠道灌溉的田已經長成幾棟稀稀落落的住宅大廈，聽說台中市的人很喜歡這邊，距離都會不遠，卻可以享受鄉間景致。然而我的鄉間景致卻已經不見蹤影了。我是循著對一棵欒樹舅的印象才找到阿成家。他家人說，他在隔壁街機車行當學徒，我從他們疑惑的表情中告退。阿成很好認，瘸腿的便是，我在機車行對街觀望很久，看著他抽菸、聊天、修車、洗手……不知道該用什麼話開場。不知道在離開那麼久後，他仍會把我們童年的友誼當一回事，還是會恨我讓他失去一隻腳，或是，他只把我當成童年的一場噩夢，在心底深處完全否認我的存在。

結果他一拐一拐過街來找我。

「找誰？」他用台語問：「看三小？」

我猝不及防，只好從口袋掏出那小罐東西遞給他：「呃……給你。」我感覺臉頰刷紅，卻被他一聲「幹！」把通紅的血液又全縮回心臟。

「哐噹」一聲，那罐子被他甩到地上碎成片片，一股嗆鼻的味道讓我頭腦驚醒，「幹，這什麼噁爛的東西啊……」見他作勢掄起拐杖要追打我，我趕忙往車站跑去。背後還不停傳來「幹你娘」、「雞掰」等問候語，我心中五味雜陳，看到那玻璃罐碎成片片的瞬間，我感到自己的童年也跟著四分五裂了。成人世界隨著我的喘氣洶湧而至。

我被髒話問候得很失落，回程的路上想著，如果你眞能認出我娘又幹到我娘，就算你贏了，而且論輩分，我還得叫你一聲爸。阿成，這樣我爸爸媽媽就都回來了。

如此，我就輸得心甘情願了。

旅鄉

煙漠漠，雨淒淒，岸花零落鷓鴣啼。遠客扁舟臨野渡，思鄉處，潮退水平春色暮。

——李珣〈南鄉子〉

彷彿老年人的喉嚨永遠那麼濕潤多汁。

已經很多年了，電話中的金屬零件，似乎都鏽黏在一起，要震動好一陣子，才能完全伸展，清脆的鈴聲此時得以顯現。

你的女友早已習慣這樣的聲音了。

早先，她還會被驚嚇到，現在已經如耳邊風了。

對每一任女友都是如此，你會在開始時，告訴她們，關於這部老電話的隻字片語。

譬如，你會說，這聲音，和父親小時候聽到的一樣，也和祖父當年意氣風發時聽到的一樣，但總得等一陣子才能聽到。等這具老電話清完那些彷彿喉管中的汁液之後。

譬如，祖父去世前，喉嚨中發出的聲音，宛如這具古老的電話。

你一直以爲，在那陣咕嚕之後，祖父的嗓子會清亮如他所述，回復年輕時那種高亢的音質。

這都是祖母轉告給父親的，父親出生時，祖父已經開始步入老年，得到家中第八個孩子、第五個兒子後，祖父母都想要休息了。

你更是不用說，從你有意識開始，祖父就已經是個老人了，和你往後二十幾年所看到的沒有差多少。

在翻閱小時候的照片時，才驚訝地發現其中細微的差異，而照片後方的那只電話，卻和現在幾乎一模一樣。

鮮紅色的塑膠外殼，金屬色澤的面板，放置地點如今，櫃檯旁邊的牆上，從櫃檯後面坐著伸手，即可搆得的高度。

是的，祖父在照片和記憶的兩相對照下，的確又老了，但是後來的老，是建立在身體的憔悴上。

小時候，你是多麼喜歡祖父那一頭晶亮的白髮，你甚至有點瞧不起自己有點泛黃的黑色頭髮，在祖父面前，是多麼普通，那麼沒有歷練。祖父的皺紋從來沒少過，但是皺紋下的面容是泛紅的，家中長輩流傳，由於獨生子的緣故，從小體弱多病的祖父，在曾祖父砸錢用名貴藥材的調理下，身體也強健了起來，並打下日後活到這麼一大把年歲的根基。

後來的老，改變的是祖父不再光亮的白髮，皮膚像是相機換了一層濾鏡，由紅轉黃，蠟黃，讓你後來吃到蜂蜜時，總是會想到祖父的面龐。

沒有，祖父的身軀沒有縮小，只是你長高了。

你慶幸著，至少還存有種印象：祖父挽著你的手，走過街，走過你老是偷溜進去玩遊戲器材的幼稚園，走過鐵路，到鎮上最熱鬧的街上的雜貨玩具店。你仰視著祖父低眉的目光，向上，向你無法企及的高度上，指著你從來不敢和父母奢望的組合機器人玩具，祖父微笑著幫你買了掛在機器人旁邊的吹泡泡玩具，從此逢人必說，這小孩眞懂事，從不要求買什麼昂貴的玩具，像那次，就只要買可以用肥皂水塡充再利用的吹泡泡環……

你虛榮地承受這一切而沒意識到，自己可以從把玩抽象玩具的過程中，得到樂趣。

後來，當你第二十一年聽祖父重新陳述這個故事給所有不得不擺笑臉打著呵欠假裝沒聽過的親人時，你突然發現，這可能是祖父的陰謀，他喜歡給每個子孫編纂幾段特殊的經驗，視爲某種收藏，畢竟，祖母去世後，在鄉下地方，孤單一人固守自己的事業，也是需要某些比照片還實際點的東西吧……

如大堂哥，這也是祖父常說的，說他出生時，雙腳底板都各有一顆褐色的痣，這是雙腳踩龍珠，是個好命樣，然而你怎麼找機會觀看，都只有在右足底的那顆，大堂哥說，他也一直納悶著這事，祖父和他說，是他小時候，有次赤足走路，不小心插到一根木刺，流了好多血，傷口癒合時，左足底的痣就不見了。祖父每每說到這裡就嘆道，哎喲這下好命就打了點折扣，但是也不差啦。你鑾贊同祖父的話，大堂哥三十幾歲，事業有成領軍一樣掌管一票部下，妻子孩子車子房子一樣不少（聽說有些還不只一樣），你不敢想像如果兩顆都在，他現在會是什麼樣飛黃騰達的面貌。

可是大堂哥說，這應該是很慘痛的記憶，他卻從來無法回想起這段往事，而且腳底也不見疤。

後來在家族陰暗迂迴的後巷中，你好像從哪個姑姑還是表姊那裡聽說，祖父迷信認爲這會剋祖父母，所以在大堂哥很小時，就抱去點掉了，點了左邊剩右邊，犧牲了祖母，這是祖母在你國小時過世後才傳出的言論，你爲了還祖父清白還特別請教過別人，被斥爲無稽之談，然而這都是多年之前的事了，你已經忘記在哪個幽暗的角落中，或是薄弱的甘蔗板後，聽到誰發出這樣的言論，你也開始懷疑，當初，這會不會只是個玩笑話，你卻當眞了？

至少，你知道祖父不是個迷信的人，你對祖父說的故事，都是當眞的，如同你最喜歡聽他提到的，全村第一個有電話的風光。

祖父說，這是生意上的需求。

＊

祖父在日本的學業才完成一半，台灣就光復了，回到台灣，在別人底下工作一陣子後，就賣了幾塊田又貸款買了鎮上這間牌樓厝，改裝成旅社，當時的小鎮，聽說是山上礦區的糧食供給站，經濟曾經因此繁榮過，來來往往的人多，旅社就是其中一項重要需求。

祖父說，這是他留學日本的理想，因爲做過異鄉人，所以知道想家的苦，他希望能開間旅館，讓客人有家的感覺。祖父的理想的確抓到繁榮的最後一點尾巴，旅館開了最初十年，生意愈來愈差，好不容易剛撈回本，礦場就關了，小鎮的經濟仍靠農產供給外地，但是來往的人也少了。

旅館最老的電話就是因應需求配置的，可對外也可對內，幾年後，省道支線經過小鎮，似乎把籠罩鎮上多年的滯悶之氣打通了，旅館生意有了第二春，祖父喜上眉梢，迎合潮流，把老電話改成了這台紅色的轉盤式電話，這是祖父的寶貝，是那保守的年代祖父少數可以選擇的顏色和款式的家電用品，一直到祖父快走不動了，電話鎖還牢牢掛在祖父的腰帶上。

當時這台電話，可是鄰居都爭相來參觀的展示品呢，一開始祖父讓人打免錢，畢竟能打電話的人也不多，而且都還維持一定的禮節，碰碰新電話沾沾喜氣就好，後來佔便宜的多了，祖父才收點通話費。祖父說，當時有個寡居的農婦，每週會來借個電話打給國中畢業就在城市裡工作的兒子，很客氣，或許是忌諱在旁人面前展露眞正感情吧，每次都講一兩句「有代誌否？無就好，再見。」祖父因爲看她是老鄰居又說那麼少話，不收錢每次還鼓勵她多講點，她總是很客氣地說不、謝謝，後來她的兒子上砂石船工作，換成他打電話來請祖父找媽媽，祖父會叫你當時和她兒子年齡相仿的父親騎上腳踏車，到農婦工作的田裡把她載來，或許是對方付費的關係，這下總算講比較久了，但農婦總是附和得多，說得少。後來砂石船像蓋鍋蓋那樣沉在沖繩附近，船員屍骨無存，農婦半發狂地跑到旅社，焚燒香，對著電話一直拜一直拜……

這些都是你出生前的事了，祖父帶你去看過那個農婦的那塊田，早就荒廢，人也不知道葬到哪了，你想像的，卻是年輕的父親，載著童年玩伴的母親，穿越這條田埂，那個寡母，這一路貪戀的，會不會是和自己孩子相仿的身影？

*

然而，有些事，是從你出生前延續到你的姪兒輩的，如同那具紅色的電話，聽說三姑姑出生之後，所有的孩子，都是從這具電話上習得數字的，後來，還包括時間，你記得自己便是在祖父的手臂上，興致高昂地接受堂兄姊早就神祕兮兮地告訴你的儀式。

你也喜歡看著堂哥們抱著自己的小孩交給祖父，嫂子則在一旁歪著腦袋，帶著不信任的神色讓這個儀式繼續流傳著。

旅館所在的牌樓厝共有三進，各有三層，最後一進是祖父一家當時的居所，其餘兩進共有九間房，祖父說這數字好，可以長長久久。

你不知道久有什麼意義，小時候，你只知道長，你喜歡和堂兄弟妹們在連結三進房的幽長甬道中來回奔跑嬉鬧，每推過一進的紗門，那裝在上方阻擋紗門和門框發出巨大噪音的彈簧就會慢慢地由長變短，發出嘆息般的氣音，你們幾個孩子比快，看誰能在第一個紗門慢吞吞關上前，能一路跑到最底然後又折返回來接住那塊闔上的紗門，尖叫笑鬧聲老不絕於耳。

祖父對此的詞沒變過：猴囝仔，莫吵醒人客！

即使到後來連你也知道，旅館裡，事實上是沒有什麼住宿客人的，有的也往往是鎮上殘存的上了年紀又沒有地方去的流鶯和嫖客，祖父還是那句話，有次不知道是誰回嘴，說，樓上的阿姨伯伯比我們更吵！

下場就是，大家都被押到祖先牌位前跪，因爲祖父是嚴禁你們小孩子上到專門讓人臨時休息的第二進二三樓的。

一兩個人跪是罰，好幾個人跪就是遊戲了，膽大的三堂哥還偷偷給每人燃了一支香，最後罰跪成爲燙螞蟻遊戲，從背面看，每個人好似都跪得累到趴在地上，事實上，大家玩弄那些驚慌的螞蟻正不亦樂乎，被燙焦的螞蟻有股讓人興奮的酸臭味，祖父尋煙霧而來，待他知道你們玩的竟是殺生遊戲，而你們正準備接受更大的懲罰時，祖父竟默默拿著掃帚，小心翼翼地掃除那些蟻屍，埋到兩進之間的花園裡。

從此他便很少管教你們了。或許也是因爲，從那次之後，你們堂兄弟姊妹，也很少同時聚在一起了，如同你們之中年齡最大的那群堂表哥姊們，不知道在什麼時候，就先行默默退出旁系血親命定的遊戲圈，將眼光轉向那些更要好的兄弟黨或姊妹淘。

*

這次輪到你們了。在慶祝祖父八十大壽的照片中四散。

不，不是你或你的雙親，不同於其他的伯叔輩，都有骨氣地搬離老宅，到附近的城鎮或是大都市中置產，你的父親，最小的兒子，在鎮上的公所謀得職務，母親在祖母去世後，理所當然地分擔了打掃清理旅館的責任，所以你這房，仍留在時光緩慢移動的小鎮鄉間，你的祖父不會老，因爲他永遠都是那麼老，老得神氣，像這間舊式旅館，挺著古老的軀殼卻依然保持光潔亮麗。然而，在附近開了幾家新穎又五光十色的汽車旅館後，剩下的，就只有往昔旅客的幽靈了。

沒有人會來借電話打電話了，現在，人人都有電話，甚至在第三進的起居室內，你父母也另外牽了一個號碼的電話，用的當然是方便的無線機，祖父的電話則堅持不裝分機也不改主機，在沒人使用時上鎖。

你已經很久沒聽到那台轉盤式電話吵雜清亮的聲音了，或許就是在那段時間內，那些產生聲響的金屬片，開始衰老鏽蝕，要震動好一陣子，才能發出金屬的聲音。

第一進三樓和第二進三樓，都各有間房被祖父封了起來，事情發生在你中學時期。那時有個男人來投宿，自稱是作家吧，那時客人已經很稀少，祖父當然很高興，最後也和祖父攀談起來了，聊到熱絡處，祖父還要你母親切水果奉茶招待，他說，祖父這間旅館很有人情味，也不像一般旅館那般冷冰冰，來到這，就像來到自己的家中，這裡的擺設很像他老家的樣子：深色的核桃木地板、藍底及腰的白牆、天花板中央不斷旋轉的大風扇、鑲有木門的電視機、每天都要撕掉的日曆，最重要的，是那具深紅色的轉盤式電話。他還說回去要寫篇文章，好好報導祖父這間旅館，祖父笑得嘴都合不攏了。

當天晚點，他借用了祖父的電話，你看見他撥轉盤的動作，在轉盤沒轉定位前就急著戳進盤上的洞撥打號碼。他的臉漲紅，你們卻都聽不清他在說啥，但是他額角青筋暴露，分明很用力地放低著音量。

第二天中午，你在學校，從送便當的母親那裡得知，這男人吞安眠藥死了，真晦氣，還說什麼要報導，眞夭壽，準備那麼多安眠藥，分明就是計畫來自殺的。

祖父倒是很泰然，他說，開了那麼久旅館，頭一回遭遇到這種事，不知道他遇到什麼挫折了，但是他在我們這，也算是拔了個頭香，反正旅館也沒什麼生意，就當他不願意離開好了。

於是祖父便在眾人反對下，把這間房封起來，每天還來上香聊聊事情，你母親嚇到差點要回娘家住，後來被父親說服留下，並答應她不讓她清理第一進三樓的房間了。

母親每當看見拿著香慢慢踱上樓梯的祖父，總是罵道，這老傢伙已經頭腦不清了，死了人沒見過那麼高興的。

＊

第二進三樓則是你和祖父的一場意外。那時，你爲了要展現自己的勇敢，遂半夜帶著女友回到了旅館，要帶她看看同學眼中的鬧鬼旅社，其實根本沒什麼，你還住得好好的呢。你帶她到第一進的那間房，看看那間鬧過自殺的房門，女友靈機一動，問，這間房間有窗戶吧？我們從另一邊看看這間好不好，你便帶她到第二進第三層，和這間房隔著花園觀望著，爲了製造氣氛，你們還沒開燈，關上房門。你們竟然發現，那間房間的窗戶是開的，你記得當時封房前好像是關的啊，好巧不巧，你們卻聽到走廊有動靜，把兩人嚇得要死，接著，門鎖動了，燈一開，竟是祖父和一名年紀好大的阿姨，八目相交，看到滿頭銀白，女友更以爲是鬼，眞的驚聲尖叫了，祖父不動聲色，低聲支開了阿姨，女友已經叫到哭了，祖父安靜地走到慌亂的你身旁，一步步指導你該如何做：摸摸她的頭髮，捏捏她的肩膀，在她耳畔一遍遍說清楚這是你祖父，讓她感覺到你的鼻息，握握她的手，親親她臉頰……接著，祖父退出房門，關上。

祖父的理由是，和那間房對沖煞氣重，你母親則嘀咕，這回又煞氣重了，最好把房間統統都封起來算了。你隱約感覺到這是祖父和你和解的方式，說是封起來，那間房的鑰匙則在你身上，每每你帶著女朋友回家，在櫃檯後的祖父都假裝沒看到，女朋友對祖父的芥蒂也與日遽減，反倒是你，對於祖父的行爲卻愈想愈充滿困惑且不諒解。那夜，你彷彿是被祖父上發條的玩偶，失去了自己的想法，完全由肉體主宰接下來發生的一切，但最後留在腦海裡的，卻都是結束後遍地的荒蕪感，你並沒有準備好要接受這一切。

而讓你更無法招架的，是女友崩潰性的獻身，她似乎認定這輩子是跟定你了，你卻什麼都沒搞清楚，只確定，那晚，在女友身上的，不是你，是祖父。

你無法。但是身在此，你無法迴避任何人，只要對方有心。

＊

你更無法滿足靜止於外地人欣羨的好山好水裡，並安於其中。往後你偶爾的返鄉，經常發現，自己在城市中患的口臭（大學同學稱爆肝）、假性近視、過了青春期才冒出的青春痘、偏頭痛，只要在家裡住個兩三天，在附近的田埂上踅個幾回，就會自動不藥而癒，整個人氣色也會容光煥發不再萎靡憔悴，可是，你早已打定主意，並堅信自己，不會做個在好山好水中置放到天荒地老的高級骨灰罈。

藉故報考外地的高中聯招，和女友及祖父漸行漸遠，你終於順利逃離了這幢古老的旅館和小鎮。

到了城市唸完高中後，你順利上了大學，家鄉已成爲年輕人必去遊玩的景點了，那裡不知道何時開始，矗立在水田中央的一幢幢農舍，竟都改建所謂的特色民宿，祖父的旅館，依然經營著，經過時間的區隔，每次返家，旅館和祖父的龍鍾老態，都讓你感到格外刺眼。

當同學提議到你家鄉旅行時，你謊稱自己住在那交通不便的廢礦山區，於是任同學們訂了其中一間民宿。

等到車子離民宿愈來愈近，熟悉的感覺讓你恐懼，這間民宿，原本住的，是你國中的那名女友。

民宿應該有的感覺到底是什麼？是家的感覺嗎？或是殷勤的主人？到城市後，你無意間在書店發現了在你家自殺的那名作家所寫的書，書裡提到，古代的人，是害怕旅行的，走出了平日生活的區域，代表的，就是死亡，是以流放爲一種刑罰，讓人在外地自生自滅，眼不見爲淨。古代的旅行者，最怕的就是在前不著村、後不著店的荒野森林中天黑了，那時，看到任何燈火，都會如飛蛾般撲去，因此就產生了許許多多的奇聞軼事，像是，被熱情的主人招待一晚，連密封多年的女兒紅都被拿出來請客後，第二天醒來發現自己睡在狐狸穴或是墳頭上。

你在意的是，熱情的主人。你想到作家和祖父的歡樂夜晚，對照之下，你現在住的這間民宿，主人（前女友的母親）根本沒有抬眼瞧過這群年輕人，草草和他們說了給你們哪幾間房，鑰匙哪支是開大門哪支是房間，退房時間，要不要吃早餐……後，就自顧自躲到最裡面的那間起居室裡，唱起卡拉OK了，徹夜，你都隱約聽到不間斷的歌聲輪流著，你所預期（或害怕）的大相認，結果什麼都沒發生，前女友不知道現在在哪裡。

你從沒到過女友的家中，印象中，她家的房舍原本也不是這樣的，不知道自己住的這間，是她的閨房嗎？你拉起大紅大綠的印花棉布，搗住臉，深深地吸了一口五味雜陳的氣味，試圖從裡面尋找前女友的蹤跡，未果。

你伸出棉被，望著黝黑的天花板，竟然有點失落了，民宿，沒有熱情的主人，怎麼叫民宿？縱使那份熱情，會使你尷尬至極，甚至被羞辱，讓同學認爲很處的你大出洋相。

第二天大早，你偷偷回家，心底藏了一大堆話，想和祖父說，也有些構想，希望祖父乾脆把旅館改成民宿吧，反正七間房，根本就是民宿的格局啊。

天色還沒全亮，你站在對街，旅館的落地玻璃門內透出燈光，祖父應該醒了，你看到隱約的人影晃動，聽到陣陣沙沙的聲音，大概在掃地吧。

你猶豫了，你知道沒有人會怪罪你的，可是你心中的石頭放不下。背後響起了開門聲，是鄰居要出門了，你突然很害怕被瞧見，趕忙低下頭快步離去，回到前女友家。

＊

返鄉成爲一種旅行，這是你之前未料想到的，除了過年返鄉應酬，你幾乎都不回家了。除了祖父持續保持老態之外，老也攀上了父母的身體，你很難想像你不在場的時光裡，錯過了什麼重要的事情，以至於每次見到父母的白髮，是那麼不理所當然，愈如此，你愈害怕回家。

祖父的九十大壽是最後的相聚時光。照例吃完飯要去鎭上唯一的相館照相，席間你不知道吃錯了什麼藥，敬酒時，竟略帶諂媚地和祖父說，等到一百歲時，還要再全家大合照喔。事後回想，那時祖父的喉嚨已經有了徵兆，而且老是把你的名字叫成年齡相近的四堂哥的，各堂兄弟姊妹的故事，也被胡亂拼湊，牛頭不對馬嘴，還兀自說得高興，但大家都不在意，因爲他身體好嘛。

照完相大家回到旅館，那具紅色轉盤式電話響了，起初大家都被嚇了一大跳，因爲現在的鈴聲，不管是手機還是電話，都是電子式的聲響，通常柔和不刺耳，而那大剌剌的老電話，響起來，就像個病號先亂咳一陣，才能吼出來，彷彿不服老的歌手。

祖父接起電話，說這幾天不營業，大家正詫異，祖父說，我都把房間留好了，誰哪間誰哪間，七間房剛剛好住滿。

你們從來沒有人和祖父說，要留下來過夜，祖父自作多情，以爲還可以約束得了誰，或是，他根本就認爲，這些不是早約好的嗎？最後，大家都乘機一聲不響地溜走了，你也搭堂哥的順風車回到城市。

再回來，都是直奔醫院，接著，就是分家產了，其實，怎麼也輪不到你說話，因爲你這一房不論年紀或人數都最小，父母加你只有三人，你默默和堂兄弟姊妹們坐在第三進的廳堂，然而第一進分家的聲音，連你們這裡都聽得見。

你推著紗門，聽著那嘆息的彈簧聲。大家都疏遠了。況且，在父母那輩的爭吵下，你們還能談什麼感情？

「不是說住在這裡，這裡前前後後就都是你的了！」你聽到不知道哪個伯母這樣吼著。

你獨自一人，走上第二進三樓的那間房，開啓，反鎖，聽著遠處模糊的爭吵，你無聊之餘東翻翻西翻翻，卻在床頭的抽屜，發現了那把小巧的鑰匙。

後來，你們仍保有第三進的居住權，但這代表，是祖父借你們住的，如果你之後想繼承，得買下來，由其他房均分。前兩進則由大伯做主，開了賣名產的店面，祖父的旅館也壽終正寢。

他們誤會你的心意還沾沾自喜。

你向他們要了那台準備丟棄的紅色轉盤式電話，他們不知道祖父把轉盤鎖的鑰匙放到哪了，而且這個舊貨沒人想用。你在眾人自以爲良善的告誡下默默地接收。發現那把鑰匙時你想到，祖父曾經抱著你，教你怎麼撥號，撥給一一七報時台，你第一次聽著那轉盤回彈時的咕嚕聲，是那麼單純地高興，那時，世界的概念還很模糊，關於人情世故的七竅未開，你只單純地信任著大人，然而當電話接通，你突然發現，時間這麼規律地行走。整個世界遂開始變樣，你感到期待多於害怕，然而害怕什麼，當時的你也很難說清楚。

＊

每任女友在聽完後，總是會問說，你和祖父的感情很好呵？

你默然不答，沒有人會相信，其實你和祖父並沒有什麼交集可言，對於他，你知道的，就是那麼多了。

你搬到城市的電話，日復一日，清理多汁的喉嚨，然而那一陣金屬片交錯激盪後，再也不會有祖父喃喃的回憶，提醒你那人事未知前的世界了。

了毛，一段段剁碎，最後上了餐桌，並且要孩子漠然地吃下，從此培養出殘忍的天性，有哪個小孩在生命中的某段時期不是以殺戮爲樂呢？用各種方式虐殺到手的螞蟻、蚯蚓、蚱蜢……，最後，小規模的殺戮已經沒有意思了，隨年齡增長，這些殺戮遊戲所帶來的快感，轉變成對「人」的殘忍及無情，只要是「他者」，就該滅，利他主義只是利己的一種莫可奈何的妥協和包裝。

對不起，我扯遠了，我們應該回到那個將要住到海邊的孩子身邊了，不是嗎？

其實接近海邊時，那個孩子就已經聞到鹹味和腥味了，這和書本是完全不一樣的接觸，書本頂多有油墨味，孩子不會笨到以爲理所當然是海的味道，因爲那味道同樣出現在繪有森林、城堡、草原等等的童書中，當時的鹹味和腥味對孩子而言是很震驚的，他整個從接近出遊的興奮中安靜了下來，就著迎車窗而來的海風，不停嗅著忽濃忽淡的氣味，他看到一灣黑色的水（後來他當然知道這就是所謂的「港口」），水上沒有飄著那些神話生物，而是一攤攤的油漬和一個個露著桅桿、掉漆並掛有大燈泡的漁船（啊，這也不是書上畫著，優雅地鼓著三角形風帆、並漆成白色的船），和三五成群的人，在叫賣，孩子後來才知道那是漁港邊每天下午例行的漁市，腥味就是經過這裡時最濃最重，孩子坐在沒有掛上營業燈的計程車上，讓他覺得他和母親似乎要被載往某位母親的朋友家，在這台外表看起來很普通的私家車上，司機和他們倆關係的界線模糊了，如果這時候司機轉頭和他玩起遊戲像個很熟悉的大叔，並下車要牽他到哪裡去玩，那孩子也不會感到意外並跟隨他走了。

後來才知道，這次搬家是母親老早就計畫好的，在到海邊的前幾個星期，母親就已經在這個濱海的小漁村找到房子，並有系統地整理打包家裡的所有東西，來來回回跟著搬家公司幾趟，只有屬於孩子的那個小角落沒有受到任何打擾，那個角落仍是由幾張彩色的塑膠墊構成的一方天地，並且有一個矮矮的書櫃，裡面都是他的圖畫書，旁邊有一盒彩色筆和圖畫冊，還有一台小小的收音機，放著一捲快要磨禿的兒歌錄音帶，孩子總是很滿足安分地在這個角落建築他自己的世界，對於外界的變化並不是很在意，母親並沒有搬走大型家具，所以映入眼簾的影像都如往昔，但是櫃子、衣櫥都逐漸空了，他的確發現，這幾週在他喊叫媽媽時，都隱約聽到有人跟他一起喊，彷彿所有的櫃子間隔都成了一張張打開的口，一起喊叫，媽，你為什麼要遺棄我？

搬到那個小漁村後，他們住的是一幢透天厝的三樓，媽媽和人家租的，已經有簡單的家具了，三樓主要區隔成兩個空間，都各有一扇門，中間則有一間廁所浴室和一座簡單的爐台，媽媽將不靠馬路的那間佈置成臥室，外面有個可以看到海的大陽台，還有一條可以直接通到外面的樓梯，另一間則成為她的工作室。雖然住所變小了，但是從臥室瞇起眼看著落地窗外時，會以為房間是延伸至整個海洋的。

每個有寺廟的漁村都有一尊在海邊撿到的彷彿是自己飄來的媽祖神像，這個村落也有如此的傳說，據說清朝時，某天海邊飄來了許多類似船板的浮木，居民研判是有船難在近海處發生了，之後飄來了一名垂死的耶穌教傳教士和一尊媽祖像，耶穌教傳教士不久死了，村民便埋了他，村民使用那些飄來的木頭幫媽祖打造了一間簡陋的小廟，後來這村的漁民在海上遇到凶險時求媽祖保佑，總會在狂風暴雨中看到媽祖金亮的身影並隨侍著一個大鬍子洋人，於是村人傳說是媽祖收服了耶穌教士，幫他拯救眾生，因此這間寺廟還祭祀了一位高鼻深目大鬍子「紅毛公」，也就是那名傳教士……

若他地下有知，應該會哭笑不得吧。

不知道漁民在海上看到的到底是什麼，但那座墓塚的確在現在已經擴到有一個大廟埕的媽祖廟後方的一角，被圍在三面環繞的天井中，我和母親曾經到那邊過，而那裡就是墓仔成的家。

墓仔成？這是綽號吧。他家？你說他像《神鵰俠侶》中的小龍女一樣，住在古墓裡啊？

不是，他是村中有名的流浪漢，但流浪漢不等於乞丐，他一直幫村中的人打零工，只是他不出海。他沒有一間正式的房子可以住，據說他打零工存的錢還不少，不過都得帶在身上，也花得快。沒有人知道為什麼他從別的地方流浪到這裡後就此不走了，他來時就說紅毛公墓前的一小方地就是他的歸處，廟祝本想打發走，卻福至心靈一時興起詢問了神明，沒想到神明說墓仔成本該在此，結果讓廟祝冷汗直冒青筋直抖，又不敢抗旨，只好忍受墓仔成每天晚上在廟後面的墓地打地舖睡覺。我和母親到漁村的第二天，就到了廟裡逛逛，這裡算是古蹟，母親希望可以找到她的靈感，逛到古墓時，孩子不小心踩到了他，他灰色的棉被和墓石融為一體，孩子還以為他把墓石弄壞了。墓仔成發出悶哼，母親向他道歉，我感覺一道銳利的目光向我們投射過來，再閉上。牆外的樹被風吹開，一道陽光射進天井，照著墓仔成的灰毯子。

母親彷彿閃電般找到靈感，當下拿起素描紙畫下了這個場景。

噢，你不知道，我的母親是一名畫家啊。

她是以畫人像有名的，她的人像模特兒各行各業的都有，我父親就是她的一名模特兒，別誤會，他不是那種美術系學生會圍繞著一圈埋頭努力壓抑自己的情慾並集中精神素描的那種裸體模特兒，他是一名詩人。像安娜．阿亨瑪托娃曾經是莫迪里亞尼的模特兒，葛楚德．史坦曾經是畢卡索的模特兒，蕭邦曾經是德拉克瓦的模特兒一般，他們的關係就是在某次文藝場合遇見的不同領域的朋友，或是隨意或是玩笑或是認眞地說了句「也許你可以幫我畫張畫」或是「你可以讓我素描一下你的側面嗎」之類的試圖拉近關係的話語，他們就此成了一件藝術品。當然，他們還有自己的創作來加成這些肖像畫的分量，然而許多人像畫都只剩下一個名字、一段簡單的形容（一個XX的男人／女人），他們可能當初帶著自以爲可以一直被後人認識的念頭當了模特兒，結果卻已永遠不被認識不被理解的面容一直留在世界上，而成爲眞正脫去其背景的藝術品。或許哪天安娜．阿亨瑪托娃、葛楚德．史坦、蕭邦也被人遺忘後，那些畫就脫去了他們自己的藝術所加持的桂冠，讓人更眞實而冷靜地逼視這些被遺忘的臉孔，以及畫作的本質。

管理家務的人就是母親，換燈泡修水管的是母親，早上母親會看報紙，孩子的姓和媽媽一樣，媽媽說她把小雞雞割掉了，有母親也才有他。他突然想通了，於是歡快地跑上三樓進入畫室，衝著正在幫墓仔成理髮的母親大叫：「爸！」

「啪」一聲，母親呼他一巴掌：「不准說髒話。」

你母親會幫他理髮啊？

是的，她通常會幫模特兒稍作整理，尤其在室內作畫時，也許這樣比較能符合她的要求吧！

當時，墓仔成頂了一個只剪了一半、連小孩看見都知道可笑的髮型起身牽著第一次被母親嚴厲懲罰並且嚎啕大哭的孩子走出了房子，也不管母親在後面的叫喊。他先到了一間雜貨店買了牛奶糖給孩子壓壓驚，自己則鼓著面頰做出各種滑稽的表情，想逗孩子開心，結果孩子看到他醜怪的面容反而愣住了，小聲咕噥著：「成仔叔，你好醜喔……」

兩個人都笑了。

墓仔成帶著孩子到傳說中撿到媽祖神像的海岸，遠離那些在半路嘲笑他髮型的頑童們。他們在岩縫中找出海膽和海星給他玩，看見了五彩繽紛的海兔在水中飄呀飄，還撿了好多海菜，晚上可以要母親煮海帶湯了。「成仔叔，」孩子問：「『爸爸』原來是髒話啊？」墓仔成掏出菸吸了一大口，過了很久才緩緩地吐出，說：「以後如果你想用這話罵人，就拿來罵我吧，別再惹你媽生氣了。」

他吃你豆腐耶，你怎麼那麼好騙？

其實，對一個剛知道缺乏什麼的孩子而言，這種雙方都不願戳破的善意謊言是很有安全感的。

那天墓仔成帶著孩子到海裡游泳，孩子起先有點猶豫，因為母親的禁止，墓仔成看他如此，就要他環著他的背，載他向海中划去，孩子第一次那麼貼近墓仔成，看見他肩膊上龜裂如海龜、長頸鹿、乳牛身上花紋一般的褐色汗斑，而他身上濃郁的體味和菸味也隨著海風海水的洗滌吹拂而漸漸消散，孩子回頭看見岸邊已經如同一條細細的綠色腰帶，墓仔成問他：「好玩嗎？」孩子怯生生點了點頭，他的身體有點顫抖，墓仔成問他：「是不是冷？」他沒回答，其實海水雖冰涼，但是墓仔成的身體透著暖意，皮膚卻被海水打得冷冷的，他發抖純粹只是有點害怕，而且海風吹拂著他和水面若即若離的背脊。

「成仔叔，」上岸時孩子問他：「你的身體好像乳牛喔。」「啊？」墓仔成一時沒會意，

「就這一塊一塊的啊！」

「那你想幫我擠奶嗎？」這是他會意之後說的。

天啊！那天他到底要你做了什麼？

稍晚，孩子和墓仔成就捧著一堆海菜回家，母親已經恢復情緒在準備晚餐，卻不太搭理他們，他們趕緊溜進浴室把身上的鹽沖去。「幹嘛一回來就洗澡，你們做什麼去了？」「撿海菜！」他們在浴室中嚷著。

「成仔，」母親喊著：「你頭髮剪一半哪洗什麼澡，我幫你剪完。」

「你去玩，等我把他頭髮剪好就開飯。」母親拿著剪刀梳子打開浴室像個毫不顧忌裸身男人的老婦把孩子拉出去，他跑進房間換衣服，隔壁的水聲停了，只聽見隱約的剪刀「刷」、「刷」的聲音。孩子打開畫簿，畫了一頭乳牛，再加上墓仔成圓滾滾的頭，還添了兩支牛角。孩子畫得太專心，忘記時間的流逝，畫完後才覺得飢腸轆轆，覺得已經過了好久好久，隔壁沒有刷刷聲了，安靜了一陣子，突然有某個塑膠容器掉落到地上的悶響。很奇怪呵，你有印象吧，孩童時期的時間感和現在有很大的不同，在小學時，十分鐘的下課可以做好多事，和同學玩紅綠燈、木頭人，還可以趕下堂課要交的作業，若有人說等個十分鐘，就會覺得天長地久，如果說一小時，那就是焦躁和不耐煩了。一天過得很慢，像什麼東西纏著你不願放開，夜晚都是驟然而降。當時，「一年」和「現在」的距離，就像眺望海平面的最遠處般變幻莫測，彷彿永遠也到不了。而且孩童時期，祕密是保不住的，往往在被告知什麼事情不可以說之後不久，就只剩下對那件事的強烈感覺，至於需要保守祕密，則早就拋諸腦後了。
母親終於來告訴孩子要開飯了，頭髮濕漉漉，渾身充滿肥皂香氣。
我在母親的遺物中曾經發現一幅很特別的畫作，那是墓仔成的裸體素描，他站立的身體稍微偏向左側，右手向上拉著一根竿子，臉孔的神韻、微凸的腹部和歷歷可見的幾根肋骨抓得很精準，特別的不在於畫面上準確的勾勒，而是繪圖的媒材。
什麼？用撕畫？還是用海鹽用黏土？
不，那幅畫其實就只用鉛筆畫出主要的輪廓而已，然而在頭髮、鬍鬚、腋毛和恥毛的部位，則浮貼著修剪過的毛髮。
這些是誰的？墓仔成的？
我確定是他的，那麼多年過去了，打開那幅畫時竟有一陣氣味撲鼻而來，那氣味熟悉到令我落淚，尤其恥毛的部分一定是，我知道，他的恥毛是深紅色的，像發亮的銅線圈，而恥毛的捲曲度又不能以其他部位的毛髮模仿……
那時，我突然嫉妒起母親來，彷彿自己是個過幼的小孩，竟然不知道曾經錯過什麼。
孩子長大後發現這幅畫作時，當年的回憶又洶湧而至。那次之後，墓仔成常常趁母親不注意時帶他到海邊玩，孩子也漸漸學會了游泳。而孩子在母親不在時也不叫他「成仔叔」而改叫著「爸爸」了，這些短暫的父子時光，往往在到海邊遊玩時回憶起，父親比母親熱情而親切，孩子喜歡被他皮革般的肌膚緊貼抱著、親吻著的感覺，孩子有記憶以來幾乎沒有和母親的親密接觸，母親總是冷峻而客套，言談中總是和孩子的距離很遙遠，他被母親圈養在一個反射著金屬光澤的柵欄中，保護他，也隔絕他。

父親的身上，尤其是手和腳，遍佈著因蚊蟲跳蚤叮咬而紅腫的包，有許多因爲發癢被他抓破而呈現紫黑的顏色，總之這些點密密麻麻，消了一個，一夜之間又可長出許多個，父親和孩子說這些是蚊子在他身上種出來的星星，要孩子拿著原子筆連出心中所渴望的星座圖。有一陣子，手腳的星空畫滿了，孩子不高興，等不及沒有新的星空，父親看到孩子深鎖的眉和嘟起的嘴，二話不說，拉著他到溪邊的草叢，脫去上衣，蓋在孩子身上，自己任憑蚊蟲叮咬。事後，孩子幫他一面摳著（因爲摳破的傷疤會留在皮膚上比較久）一面數著，每數一個，孩子的心情就更加雀躍，彷彿他正蒐集著星星。最後身體前前後後共有一百五十三個包，每個包的傷口都結著一層薄薄的新鮮光亮的紅色血塊。那天過後孩子的母親在工作室幫父親擦著藥，也不斷責怪他爲何要把身體畫得亂七八糟的，父親沒有給母親任何理由，孩子在門後看見，心中突然有種勝利的喜悅油然而生。

多年以後，孩子才搞清楚這個喜悅是什麼。母親以父親的形體作畫，孩子則直接改變著父親的形體，直接以父親爲畫布。

孩子有時也喚父親爲乳牛，父親常讓孩子舔舐那些孩子來不及一口氣吸完而濺灑在腹部的乳汁，那半透明膠著的液體覆在孩子的星圖上宛若蜿蜒的銀河，父親總帶著愉悅陶然的神情摸著孩子的頭說，等你長大時，也要餵我喝一條銀河喔。

直到一天早上，母親照例在早餐之外泡了一杯咖啡，發現沒有奶精了，孩子不經意地說，媽媽爲什麼要割掉所以就沒有奶了，等下可以找成仔叔擠一點吧。孩子忘記了，不但如此，他還不知道他忘記了。

孩子去上學後，成仔叔應該依約到畫室中，發生了什麼事孩子不清楚，放學後家中並沒有人，孩子於是沉浸在自己的世界中，畫畫，看書，也跑出去和鄰居的小孩騎了一陣腳踏車，跳格子，當別人的母親都一個個扯著喉嚨叫自己的小孩回去吃飯時，孩子望著窗戶漸亮、天空漸暗的景象，才有點覺得寂寥，沒有人叫他吃飯，連父親都不見了。他騎著腳踏車到媽祖廟，父親坐在墳墓前，臉色通紅，腳下歪斜著好幾瓶啤酒，和散落一地的菸屁股，整個墳墓籠罩在一層迷濛的青煙中。看見孩子過來，無法聚焦的眼神過了好一陣子才認出他，爸，孩子歡喜地叫著，給我看星星。父親毫不抵抗著讓孩子褪去上衣，孩子發現父親的身上多了一道道血色的抓痕，他不高興地捶打著父親說，你把我畫的星座搞壞了啦，然而父親沒有答話，兩眼依然失焦，孩子打累了，只好問他，你知道媽媽到哪了嗎？父親抱著他，問，你說了什麼？什麼？孩子問。父親繼續問著，一句比一句咬牙切齒，一句比一句大聲，卻把孩子往身上摟得更緊，孩子幾乎不能呼吸，不斷踢腳掙扎，漸漸暈了過去。

你當時怎麼樣？休克了嗎？

我外婆告訴我，廟祝剛好經過，把我拔了出來，並乘機找警察來把墓仔成給抓去關了。我醒來時人事全非，李伯大夢，醫院中只有外婆和我。母親的屍體隔天退潮時在消波塊中發現，警方研判她是不愼落水……

所以你後來才由外婆養大，對嗎？

是啊，她賣了母親一部分的畫，給我作爲求學的基金，後來她的畫也成爲美術館的典藏了。

所以……

嗯，那幅「漁人」正是我母親的畫作，那漁人只是模特兒扮的，作畫當天，墓仔成正在幫漁夫們卸貨，母親是在他下工後以漁船爲背景，速速打的草稿，然後再到畫室慢慢完成的。墓仔成不是漁夫，他是流浪漢，他的形象隨著我母親的畫作流落到台灣各個角落，我偶爾會在想像不到的場所，如會議中心入口的牆上、某個公家單位長官的辦公室、旅館的大廳、餐廳的廁所前，遇到他，他以各種姿態擬仿成社會各階級的男人，或僅僅成爲展現自己肉身的藝術品，當然沒有人會知道，包括我，他現在在哪個監獄中，是否已經被釋放，或繼續流浪。

我眞正的父親，仍堆積在外婆家倉庫的一角，讓灰塵和濕氣任其腐敗。

每當我望見墓仔成的肖像時，很奇怪地，我會倏然憶起在將要窒息的前一刻，雖然身體不斷地掙扎，我的心中卻詭異地洋溢著幸福，我第一次感到身體和心靈的不同步，那驅使我掙扎的是原生的動物性，但是我的整個心靈的感官卻享受著瀰漫於我口鼻的墓仔成的汗味、酒味及菸味……和他的胸口上漸漸矇朧的星空……

「看看，我的親子丼都快吃完了，你的壽司卻沒動幾口，你不是要和我說親子丼命名的由來嗎？怎麼扯到了這個。」蔡世民說。

「噢，你問這個啊，我以為我已經回答了。」

蔡世民聳聳肩繼續用餐，沒有追問的意圖。

一道料理好吃就好。

「先生很抱歉喔，已經下午兩點了，所以我們要先結帳，你們可以繼續聊天，繼續吃沒關係呵……」殷勤的老闆娘冷不防插入一腳，靠近廚房那邊一排的服務生和幾個廚子彷彿要打群架的小弟小妹們，眼神凌厲地射向我們。

沒過多久，空氣就混濁黏膩了起來，看樣子，老闆娘連冷氣都關了，沒有人幫我的空杯子倒茶水，事態已經很明顯了。

可是蔡世民卻搶先一步發難：「老闆娘，倒水。」他把語調拉高，盛氣凌人的樣子，一掃之前沉溺在情慯中的悲慘模樣。照他以往犀利的個性，我等下大概得當和事佬了。

不過，只要能轉移他的注意力，這一切就都值得了。

罪，他趕忙接下去：「大人，不要罵，那鏡子雖小，但幾十個人都拿不起來啊！」

張敞不解：「帶我去看看。」

「果然滿沉的。」張敞要抓，鏡身卻和土埋在一起，怎樣也提不起。「可惡，看我用駱駝杖抵抵……」

工頭正要說「不！」也來不及，那紫檀雕的名貴駱駝杖應聲而斷。工頭趕忙說：「大人，我們用鐵棒試過，鐵棒都斷了，木杖如何受得了？」

此時門外有一老人求見，張敞請他進門，但他一進門劈頭就問：「寶鏡呢？寶鏡在哪裡？我是英招的使者，是來把寶鏡送給有緣人的。」張敞看他衣衫不整，頭髮散亂，就把他當瘋子，拚命趕他走，那瘋老人臨走前說：「只有有緣人才能擁有它，別人是拿不走的。寶鏡是不會出現太久的！」

張敞也懶得理他，只在想：「到底誰能擁有它？不管了，先找個人鑑賞此爲何鏡吧！」

……歐陽炯，腦中立刻想到他，隨即上馬飛奔門下省。

歐陽炯年紀也不小了，但鶴髮童顏，一直是個娃娃臉，但他對屬下可是很嚴厲的……

「說！匆匆跑到門下省有何急事？」歐陽炯疾言厲色地說。

張敞嚇一跳，因爲從小可是哥倆好的兄弟，但由於際遇不同，一個爲門下侍中，一個才是軍校。不過歐陽炯平日待人不是這樣的，但久聞他治理部下可是嚴厲出名，辦公時間都六親不認，張敞不禁佩服：「大人，小的在家後院挖到一塊寶鏡，但由於不便搬動，所以未攜至。久聞大人知識淵博，想請大人鑑定一下。」

歐陽炯又斥到：「平日在辦公時不准談私事，但念你非門下職員，所以饒你一次，不准再犯。晚上我再到府上一敘。」

晚上歐陽炯果然履行約定。

「張兄，那鏡有何特異之處，竟然搬不動？」

「大人，您親自看就知道了。」說完，引歐陽炯進入家後空地。「就在那兒！」

這說也奇怪，歐陽炯靠近寶鏡時，寶鏡竟射出道白光，直向天空高掛的月兒，歐陽炯露出他稚氣的笑容，探手去拿，那鏡像一片紙般地在他手中，絲毫不覺得重。「這就是好幾人都拿不動的鏡子？」歐陽炯問。

「是……是啊！」張敞驚訝得嘴都合不攏。

「不信，你拿拿看，輕得很。」說罷，他就將鏡放在張敞手中，只聽見「砰」一聲，張敞雙手被壓在地上，且痛得大叫：「大人，行行好，把它移開吧！」歐陽炯移走鏡子後，才曉得他所言不假。

「既然大人能拿就是有緣人。」張敞用力揉著腫脹的雙手：「我就送給您了。」

歐陽炯看了看鏡子背面，雕著青龍、白虎、朱雀、玄武，又雕了十二生肖，且上面也刻了八卦的八種符號，都各圍成一圈。不僅如此，那十二隻禽獸各個造型特殊，模樣生動，像是把眞的生物縮小再貼上去的。

五．臨江仙

韓琮回成都後自動向蜀君請罪，孟昶念他為自己的老師，只削了他官職，就算了。韓琮仍透過太保鹿虔扆向皇上提出諫言，但皇上似乎不聽了。

歐陽炯的鏡子，果然應了瘋老人的話，掉到井中了。但近來最大宗事件可是宋軍要入蜀了。原來是樞密王昭遠為了要立功，想要聯北漢攻宋。孟昶也因韓琮不在，沒人商量，也糊里糊塗地答應了。但送往漢的密函竟落到趙匡胤的手中。趙匡胤收到時不禁哈哈大笑：「終於有名義可伐蜀了。」

王昭遠又自告奮勇去守最重要的劍閣，但他雖從小熟讀兵書，卻僅止於紙上談兵，劍閣馬上破了，最後運輸宋軍糧食的，竟是一隻又一隻的駱駝，「蜀人愛駱駝杖嘛……」趙匡胤摸摸鬍子冷笑地說。

宋軍破成都時，韓琮和鹿虔扆躲進密室中，所以未被縛。但蜀君、花蕊夫人及歐陽炯、王昭遠等重要人物全被帶到汴京去了。宋軍也未久留，幾天後就班師回朝了。

鹿虔扆悲慟地走入宮中，現已空蕩蕩，只有自己的腳步聲在長廊迴響。行至摩訶池畔，心生無限感慨，於是填了闋〈臨江仙〉：「金鎖重門荒苑靜，綺窗愁對秋空。翠華一去寂無蹤，玉樓歌吹，聲斷已隨風。煙月不知人事改，夜闌還照深宮。藕花相向野塘中，暗傷亡國，清露泣香紅。」

六・玉鳴寺

八十年後蜀地雙桂山玉鳴寺……

「爹，爲什麼要帶我來這啊！」才七歲的蘇軾抬頭問父親蘇洵。

「帶你來玩啊！這裡有一個池子，很漂亮呢！尤其是滴到池中的水聲，好像敲擊玉器一樣清脆。」蘇洵回答道。「我年輕時來過，現在舊地重遊，帶著自己小孩，滋味就是不一樣。」

走著走著，蘇洵停了下來，看著迎面而來的老尼心想：「咦！奇怪，她怎麼還在？」老尼瞟了他一眼，就擦身而過，但瞥見了他身旁的小蘇軾，身子反而停了下來。

「好像啊！」她自言自語。

「像誰啊？」小蘇軾問。

蘇洵聽到他二人的對話，眼看池子就在前面了，就叫蘇軾聊完天後再來。

「像孟昶的小兒子孟元寶啊！」老女尼說。

小蘇軾在腦中搜尋：「孟昶……孟昶，誰啊？」於是他問了父親。蘇洵答道：「他是以前的蜀王啊！」他看老尼有意和兒子說話，就叫兒子聊完再來找他。

蘇軾就繼續問下去：「那妳怎麼會認識他，他可是帝王呢！」

「唉！你這小子有眼不識泰山，我以前每年都到蜀宮中唸經呢！元寶他常在身旁聽呢！」原來她就是以前的小尼姑安明。

「嘎！」蘇軾心想：「哇！來頭眞不小，但那不是很久以前的事嗎？」於是就問：「請問貴庚？」

「九十幾囉，我自己也算不清楚了，你想聽我在宮中的趣事嗎？」老尼問。

「好啊！」

於是安明就把那夜掉進摩訶池的事講給他聽，並且說了那首孟昶作的詩。「我每天都反覆唸一遍呢！」

老尼說。

蘇軾好奇地問：「那你後來在池畔睡著了，有沒有被發現啊！」

「當然囉！」老尼興奮地說：「我是被花蕊夫人發現的，但蜀王不但沒罵我，反而送了我一把他的駱駝杖呢！」老尼神祕地笑著：「就在這兒，跟我來。」

小蘇軾和她進了她的寢室，從床下左挑右撈地拿出一根檀木杖，上頭刻了個駱駝頭。「小施主，既然我和你有緣，就把它傳給你吧，反正我來日不多了。」老尼感慨地說。

「謝謝！」蘇軾拿著和自己差不多高的手杖，仔細地端詳一番，那駱駝頭還眞傳神呢！然後就高興地跑去找父親了。

「她和你說什麼啊？」蘇洵問，並看到手杖：「她送你的嗎？」

「是啊！她只是和我說些往事而已。」

蘇軾看父親並未再問了，就提著手杖，隨著父親欣賞風景。

禪房外，老尼姑露出一抹微笑，愉快地注視著蘇軾父子……

刊載索引

引文出處

紅蜻蜓：〈清秋〉出自《呂赫若小說全集》聯合文學一九九五，林至潔譯
日本民謠〈紅蜻蜓〉，歌詞楊雨樵翻譯
無聲蟬：《靜靜的頓河》遠景出版一九八一，王兆徽校訂
四重奏：《三島由紀夫短篇傑作集》志文出版一九八五，余阿勳、黃玉燕譯
盜墓者：《尼羅河畔的文采──古埃及作品選》遠流出版一九九三，蒲慕洲譯
親子丼：《浪漫與沉思──俄國詩歌欣賞》聯經出版二〇〇一，歐茵西譯

後記

寫了幾個版本後，愈寫愈不知道，該在後記裡陳述些什麼。之前的版本，寫了一些闡述自己文學觀的文句，引用了一些他人的話，沒料到幾天後再看看，卻愈覺可憎，自己的半瓶醋響叮噹，幸好及時踩煞車，不把這些文字公諸於世，否則將來最後悔的絕對是自己。

但這本集子，不也就是整本半瓶醋嗎？

寫小說的過程裡，反覆詢問自己的，常常就是，什麼是小說？小說要傳達的是什麼？或更實在的：如何寫小說？就算看見各大名家現身說法，心中的結猶在，往往就在這樣的矛盾中，寫下了這些可以被稱爲「小說」的作品，然而，對我而言，這些「小說」所代表的意義，究竟是什麼呢？

記錄一段時光？探索未知世界的極限？塑造一座紀念碑？密碼般將生活變造隱藏再展現？爲了誰誰誰而寫？僅僅因爲好玩？或是活得不耐煩？

好像都有這麼點意義，卻又不全然如此。

這是似乎是我自己才能回答的問題，但我目前仍無法讓自己得到滿意的答案。

我只選擇〈玉樓聲斷〉來説明。這篇對我而言，是個特殊的起點，是在我還沒讀過任何現代意義上「短篇小説」前的創作，在這起點後七年左右，我才再有作品發表。回顧這篇作品寫完的晚上，因爲字跡潦草，被母親強押至電腦前用軟體輸入，當時根本對電腦不熟悉的我，大概一分鐘才能輸入五個字吧，總覺得時光漫長，稿子永無打完的一天，幾小時後，被母親接收電腦，我昏沉睡去，第二天一早，聽見印表機的聲音，母親竟徹夜沒睡幫我輸入完成，當天就是紅樓文學獎的截稿日，我將那疊稿件交給葉紅媛老師，後來，得了獎，被母親像個珍寶般，拿出來説了好多年，假如我在場，常常只能囁嚅以對。

米蘭．昆德拉説：「詩人是個被母親引導在世界面前炫耀自己，但是卻無能進入這個世界的年輕人。」

實在是找不出更適切的話，來表達我的感謝了。

謝誌

感謝父母和妹妹。

感謝葉紅媛老師、林瑞娟老師、陳翠英老師、歐茵西老師賦予我的文學教養。

感謝季季、駱以軍、吳鈞堯、林俊穎、許榮哲、李儀婷、高翊峰等文壇前輩的指導。

感謝徐譽誠、貓眼娜娜、洪茲盈、杏亞、熊瑞英、陳牧宏、賴雯琪、黃崇凱、神小風、吳昌政、劉紋豪、冷翔雲、郭漢辰、黃啓峰、張晉文、傅紀鋼等文友不時的加油打氣。

感謝幼獅文藝、印刻文學生活誌、自由時報副刊、九歌出版社、兩人出品願意刊登我的作品。

感謝布克旅人和季子，感謝耕莘寫作會，感謝天母書廬。

感謝湯凱鈞、李俊陞、林宗穎、鄭隆儀、蔡馥光、卓承佑、黃堯聰、楊雨樵、青韵合唱團的大大小小、實驗室一〇六、長笛組以及其他鼓勵我的親朋好友。

感謝印刻初安民先生、江一鯉小姐及施淑清小姐支持本書的出版及編排。

感謝那些我現在實在無法憶起、卻在出版之後會後悔忘記寫在這的、曾經在寫作這條路上幫助我、鼓勵我的人們。

INK PUBLISHING
文學叢書 193

匿逃者

作　　者　賴志穎
總 編 輯　初安民
責任編輯　施淑清
美術編輯　黃昶憲
校　　對　施淑清　賴志穎

發 行 人　張書銘
出　　版　INK 印刻文學生活雜誌出版有限公司
台北縣中和市中正路 800 號 13 樓之 3
電話：02-22281626
傳真：02-22281598
e-mail:ink.book@msa.hinet.net
網　　址　舒讀網 http://www.sudu.cc

法律顧問　漢廷法律事務所
劉大正律師
總 代 理　展智文化事業股份有限公司
電話：02-22533362・22535856
傳真：02-22518350
郵政劃撥　19000691 成陽出版股份有限公司
印　　刷　海王印刷事業股份有限公司

出版日期　2008 年 6 月　初版
ISBN　978-986-6631-13-9

定價　240 元

國家圖書館出版品預行編目資料

匿逃者／賴志穎著：
--初版，--臺北縣中和市：INK 印刻，
2008.06　面；　公分（文學叢書：193）
ISBN 978-986-6631-13-9（平裝）

857.63　　97009086

NK INK INK INK INK INK IN
K INK INK INK INK INK INK
NK INK INK INK INK INK IN
K INK INK INK INK INK INK
NK INK INK INK INK INK IN
K INK INK INK INK INK INK
NK INK INK INK INK INK IN
K INK INK INK INK INK INK
NK INK INK INK INK INK IN
K INK INK INK INK INK INK
NK INK INK INK INK INK IN
K INK INK INK INK INK INK
NK INK INK INK INK INK IN
K INK INK INK INK INK INK
NK INK INK INK INK INK IN
K INK INK INK INK INK INK
NK INK INK INK INK INK IN
K INK INK INK INK INK INK
NK INK INK INK INK INK IN
K INK INK INK INK INK INK
NK INK INK INK INK INK IN
K INK INK INK INK INK INK
NK INK INK INK INK INK IN
K INK INK INK INK INK INK